Ramona Jakob & Heidemarie Brosche

Expedition Natur

CACHE-KIDS

Rettet Pfotenglück!

Der Geocaching-Roman

moses.

moses. Verlag GmbH
Arnoldstraße 13d
47906 Kempen
Fon 0 21 52 - 20 98 50
Fax 0 21 52 - 20 98 60
Mail info@moses-verlag.de
www.moses-verlag.de

ISBN 978-3-89777-772-9

Text: Ramona Jakob, Heidemarie Brosche
Illustrationen: Peter Menne
Gestaltung, Typographie und Satz: Kirsten Küsters, PrePressPro
Covergestaltung: Melanie Dahmen
Lektorat: Eva-Maria Kulka
Redaktion: Anne Rummenie, Karina Franzke
Herstellung: Brigitte Merkt

Printed in Latvia

FSC
www.fsc.org
MIX
Papier aus verantwortungsvollen Quellen
FSC® C002795

Für meine vier Männer! (Immerhin geht's bei mir jetzt auch mal ein bisschen technikaffin zu, ihr Lieben! ☺)

Heidemarie Brosche

Für meinen Max! Coolstes Cache-Kid und wundervoller Sohn!

Ramona Jakob

GEOCACHING – WAS IST DAS?

Geocaching ist eine moderne und aufregende Schnitzeljagd. Mithilfe von Koordinaten und Beschreibungen aus dem Internet können große und kleine Abenteurer auf Schatzsuche gehen. Beim Geocaching entdeckst du nicht nur versteckte Behälter, sondern auch historische Orte, verwunschene Plätze, schöne Aussichtspunkte und traumhafte Gegenden, die du sonst wohl nie besucht hättest.

Weltweit gibt es Menschen, die verschieden große Behälter an den unterschiedlichsten Stellen verstecken. Die Owner (= Besitzer dieser Behälter) tragen die Koordinaten ihrer Verstecke im Internet ein, damit andere Geocacher danach suchen können.

Damit das Ganze spannender und lustiger wird, lassen sich viele Owner ganz besondere Geschichten einfallen oder basteln wunderschöne Verstecke. Mit den Koordinaten aus dem Internet kann jeder losziehen und sich auf die aufregende Suche begeben. Wer den Schatz findet, trägt sich im Logbuch ein, darf je nach Cache-Größe etwas tauschen und versteckt anschließend die Box wieder an genau derselben Stelle, an der er sie gefunden hat. Geocaching geschieht unauffällig. Personen, die sich mit Geocaching nicht auskennen, sollen das Versteck nicht entdecken. Dann können sie es auch nicht versehentlich oder gar absichtlich zerstören. Geocaching ist eine heimliche Schnitzeljagd. Und wie bei einer Schnitzeljagd folgst du Pfeilen und anderen Hinweisen und musst deine Spürnase besonders gut einsetzen.

QR-Codes und www.cache-kids.de

In diesem Buch wirst du an einigen Stellen QR-Codes finden:

www.cache-kids.de

Wenn du diese mit einem Smartphone oder iPad einscannst (vielleicht haben ja deine Eltern Geräte, die sie dir mal ausleihen können), dann gelangst du direkt auf die Homepage zu diesem Buch. Dort bekommst du viele weitere spannende Informationen, kannst selbst Rätsel lösen und bei einem kleinen Wettbewerb tolle Preise gewinnen. Viel Spaß!

Samstag | 11:00 Uhr

Bin sehr an dem von dir angebotenen Schachcomputer interessiert. Ist er wirklich neu? Wie komm ich ans Spiel? Würde bei Übergabe bar bezahlen. Schreib dir vom Smartphone meiner Mutter aus. Bitte dorthin antworten!
LG
Anna
PS: Wie kann man so was Tolles verkaufen?
:P

Ich reiche das Smartphone an Mama zurück, die schon nervös mit den Fingern trommelt. Klar, sie muss ja mindestens siebenundzwanzig Mal am Tag überprüfen, ob Johnny ihr geschrieben hat.
„Und du willst jetzt wirklich auch noch elektronisch Schach spielen?“, fragt sie und verzieht dabei ihr Gesicht.
Während Mama wie wild über das Display wischt, denke ich wieder an meinen Knobel-Opa. Wie gerne wäre ich jetzt bei ihm! Aber Mama musste mich ja unbedingt hierher schleppen. Urlaub im tiefsten Bayern. „Mal raus aus Berlin“, hat sie gesagt.
Damit ich öfter an der frischen Luft bin.
Damit wir beide in Ruhe quatschen können.
Damit ich meine Zeit nicht hauptsächlich mit einem alten Mann verbringe.
Letzteres vor allem.
Meine Gedanken kehren gerade wieder zurück zu Opa, als das Handy miept. Mama zuckt vor Schreck zusammen. Eigentlich zuckt sie immer vor Schreck zusammen, wenn das Handy einen Laut von sich gibt. Was ich nicht so ganz verstehen kann. Wer ständig auf eine SMS wartet, braucht sich doch nicht zu erschrecken, wenn sie kommt?
Nach dieser ersten Schrecksekunde leuchtet sofort die Vorfreude aus Mamas Augen. Ebenfalls wie immer. Und genauso schnell ist klar, dass es offenbar nicht Johnny war, der die SMS gesendet hat. Als Mama mir das Handy zurückreicht, kann ich die Enttäuschung in ihren Augen sehen.

Wow! Von mir aus können wir uns gleich im SparGut vor der Pinnwand treffen. Klar ist das Spiel neu. War ein Geschenk. Kann's nicht brauchen.
LG
Max

„Ich geh noch mal zum Supermarkt", sage ich zu Mama, drücke ihr das Smartphone in die Hand und bin schon draußen. Die zwanzig Euro hatte ich mir längst in meine Hosentasche gesteckt.
Ich renne so schnell, dass ich völlig außer Atem im SparGut ankomme. Und sehe trotzdem auf den ersten Blick, dass der Junge vor mir da war. Mit einer Plastiktüte in der Hand lehnt er völlig entspannt an der Einkaufswagen-Schlange neben der Pinnwand. Wohnt der etwa in einem der Altglascontainer neben dem Parkplatz? Dann wäre ja zumindest klar, warum er kein Schachspiel brauchen kann …
„Da hast du aber mächtig Gas gegeben!", sagt der Junge und grinst mich an. Während ich schnaufe wie ein altersschwaches Walross, reicht er mir freundlich die Hand. „Dass ich der Max bin, weißt du ja schon", fügt er hinzu.
„Und ich heiße immer noch Anna", sage ich keuchend und versuche, auch ein bisschen witzig zu sein.
Der Junge, der Max heißt, lacht höflich.
„Können wir dann …?", frage ich ungeduldig und wedle mit dem Zwanzig-Euro-Schein vor seiner Nase herum.
„Willst du dir das Ding nicht erst mal ansehen?", fragt Max. Er reicht mir das Spiel und sagt: „Ich bin übrigens ziemlich froh, dass du dich gleich gemeldet hast. Ich brauch das Geld nämlich dringend."
Wieso?, würde ich ihn gerne fragen. Aber stattdessen nehme ich nur das Spiel und sehe, dass es in der verschlossenen Originalverpackung steckt. Dann überreiche ich ihm den Zwanziger und – bleibe stehen. Warum, weiß ich selbst nicht.

„Danke“, sage ich und stopfe mir den Zwanziger tief in meine Hosentasche. Geschafft!
Doch diese Anna sagt keinen Ton, sie steht nur da und guckt mich an. Nicht, dass sie es sich noch mal anders überlegt! Ich brauche das Geld. Unbedingt. Eigentlich hatte ich mir ja ein weiteres Aquarium gewünscht – für meine Triopszucht. Aber Mamas Schwester findet Urzeittierchen eklig und Schach eben pädagogisch wertvoll.

„Ist noch was?“, frage ich.
„Was? Nein!“, antwortet Anna verwirrt. „Oder doch: Weißt du, wo man hier gut Eis essen kann?“
„Die Straße da vor bis zur nächsten Ampel und dann rechts an der Ecke“, erkläre ich ihr.
„Danke. Tschüss“, sagt sie.
Dann dreht sie sich um und verschwindet.
„Na, aber hallo! Wer war das denn?“, dröhnt es mir ins Ohr, bevor eine Hand auf meine Schulter prallt. „Süß, die Kleine, etwa deine? Eine neue Flamme?“
Simon ist mein bester Freund, aber manchmal kann er einem wirklich auf die Nerven gehen. Dämlich grinst er dem Mädchen hinterher.
„Quatsch! Die hat mir gerade mein Schachspiel abgekauft“, antworte ich ihm.
„Schachspiel?“
„Das blöde Ding von Tante Karin. Das Mädchen hat's gekauft – und ich hab jetzt das hier!“
Voller Stolz halte ich ihm den zerknitterten Geldschein vor die Nase.
„Cool, du bist reich!“, spottet Simon. „Nein, im Ernst, das ist echt gut. Immerhin wieder ein kleiner Zuschuss fürs Pfotenglück.“
Dabei bräuchten die dort so viel mehr – was sind schon zwanzig Euro?
„Nun schau nicht so, als wärst du von einem Laster gerammt worden“, frotzelt Simon weiter. „Wir statten Luigi einen Besuch ab. Vielleicht fällt uns da noch was ein. Bei einem Schoko-Ananas-Becher kommen mir nämlich immer die besten Ideen. Und um eins gehen wir ins Pfotenglück.“
Stimmt, wir haben ja versprochen, die Hunde auszuführen!
Langsam setzen wir uns in Bewegung.
„Wir müssen auch noch das Rätsel für die letzte Station lösen. Sonst kommen wir nie an unseren Cache“, fällt mir beim Gehen ein.
Simon ist nämlich nicht nur mein bester Freund, sondern auch der beste Geocaching-Partner, den man sich vorstellen kann. Er war es, der mich mit seinem GPS-Gerät vor ein paar Monaten zum Geocaching gebracht hat. Mit der Natur hat er es zwar nicht so, aber die Technik ist voll sein Ding. „Hey, Max, ich hab da was für dich“, hat er gesagt und mir gezeigt, wie man im Internet eine Beschreibung mit Koordinaten

findet und den Schatz dann in der Natur sucht. „Ist ein bisschen wie Schnitzeljagd, aber viel cooler“, hat er behauptet.
Und er hat recht behalten.
„Stimmt“, sagt Simon. „Dieses verdammte Rätsel ist echt eine harte Nuss.“
Ich sehe ihm an, wie sein Gehirn anfängt zu rattern. Er erinnert mich dabei immer ein bisschen an unseren Deutschlehrer. Dem sieht man auch an, wenn er denkt. Allerdings passiert das nicht so häufig wie bei Simon.
Als wir bei Luigi ankommen, fängt Simon schon wieder an zu grinsen.
„Na, wen haben wir denn da?“, sagt er laut.
Mist, das hatte ich total vergessen! Diese Anna wollte ja auch hierher! Gott sei Dank sieht sie uns nicht. Ihre Haare hängen wie ein Vorhang vor ihrem Gesicht.
„Hast du dich in die verknallt oder warum guckst du so?“, fragt Simon.
Spinnt der? Das ist ein Mädchen, das Schach spielt!

Samstag | 11:20 Uhr

Wow, ist dieses Spiel klasse!
Gerade hole ich zu einem buchstäblich genialen Schachzug aus, als eine Stimme an mein Ohr dringt, die mir bekannt vorkommt. Möglichst unauffällig schiebe ich meine Haare zurück. Ach, du liebe Zeit, dieser Max schon wieder! Obwohl ich nicht weiß, warum, spüre ich, dass ich rot werde. Schnell lasse ich meine Haare wieder vor mein Gesicht fallen. Jetzt sehe ich ihn zwar nicht mehr, aber dafür höre ich ihn umso deutlicher. Er hat noch einen Freund dabei und die beiden unterhalten sich lautstark. Ich verstehe ehrlich gesagt nicht ganz, um was es geht, aber immerhin so viel, dass ich weiß:

- Er regt sich wegen irgendetwas auf.
- Es geht unter anderem auch um Geld.
- Es fällt mehrmals das Wort Kescher – vielleicht ist dieser Max ja so eine Art Hobby-Fischer?

Leider habe ich vor lauter Lauschen nicht mehr auf mein Eis geachtet. Jetzt merke ich, wie es tropft und mir die Brühe über die Hand läuft. Ich schlecke wie verrückt, aber damit es nicht in mein neues Heiligtum trieft, muss ich mich wohl oder übel aus meinem Haarversteck lösen. So unauffällig wie möglich tauche ich auf – und glotze direkt in die Augen eines sommersprossigen Jungen, der einen Eisbecher in der Hand hält.
„Wollte nur wissen, wie es dahinter aussieht", sagt er und grinst. „Hatte die Hoffnung schon aufgegeben."
Ich starre den Jungen an und überlege, was ich sagen soll. Aber offenbar bin ich wegen der Eiskatastrophe in meiner Hand geistig nicht voll auf der Höhe.
In diesem Moment reicht mir eine andere Hand von der Seite einen Stapel Papierservietten. Dankbar greife ich zu und wische wie wild auf meinem Tisch herum. Nachdem ich mir mit einer weiteren Serviette auch noch übers Gesicht gefahren habe, blicke ich hoch und sehe in das Gesicht von ... Max! Verdammt, ich werde schon wieder rot!
„Das kenn ich", sagt er ganz nett. „Ich bin Experte für Ferkeleien." Dann setzt er wieder sein typisches Grinsen auf, zeigt mit dem Kinn auf den Schachcomputer und fügt hinzu: „Hoffentlich ist dem nichts passiert!"
Ich schüttele den Kopf, quetsche ein „Danke" hervor und weiß plötzlich nicht mehr, wie ich schauen soll. Doch bevor es richtig peinlich wird, erlösen mich die Jungs und gehen weiter.
„Tschüss", sagen wir alle drei fast gleichzeitig.
Dann lassen sich die beiden am anderen Ende der Eisdiele nieder. Klar, wer will schon neben einer Schachspielerin sitzen, die nicht ordentlich essen kann?!
Nach ein paar Minuten packe ich schließlich den Computer ein und stehe auf. Ist wohl besser, ich gehe langsam mal zurück zu unserer Pension. So, wie ich Mama kenne, soll ich bestimmt gleich noch mit ihr wandern gehen!

Samstag | 11:30 Uhr

„Hey, jetzt geht sie“, sagt Simon und deutet mit dem Kopf auf Anna.
Da schießt mir plötzlich eine Idee durch den Kopf.
„Gib mir mal das Rätsel von Station 3!“, zische ich.
Simon guckt mich groß an. Oh nein, er fängt wieder an zu denken. Dafür haben wir jetzt echt keine Zeit!
„Los, schnell!“, sage ich.
„Was machst du denn für einen Stress?“, raunzt er mich an und fasst in seine Hosentasche. Wie in Zeitlupe holt er das zerknitterte und fleckige Blatt hervor.
Ich reiße ihm ungeduldig den Zettel aus der Hand und starre auf das Rätsel.
„Simon, wir sind doch echt blöd. Hast du die Aufgabe mal genauer angesehen?“
„Ja, sicher, weißt du doch. Aber Schach war eben noch nie mein Ding, ich komm damit nicht weiter. Und du Held hast auch noch dein Schachspiel verkauft.“
Plötzlich reißt er die Augen auf. Bingo, auch er hat's begriffen! „Du meinst, wir haben gerade die Lösung für unsere Schachfrage aus der Hand gegeben? Dein Schachcomputer hätte uns bestimmt helfen können, das Rätsel endlich zu knacken!“
Ohne lange nachzudenken – und ohne ihm zu antworten -, renne ich los, um Anna aufzuhalten.
„Was willst du?“, fragt sie überrascht, als ich ihr die Hand auf die Schulter lege.
Ihre grünen Augen hat sie genau auf meine gerichtet. Ob ich deshalb nichts über die Lippen kriege oder weil mir von der Rennerei die Luft fehlt, weiß ich nicht.
„Also, wenn nichts ist, dann würde ich jetzt gerne weitergehen“. Sie macht einen Schritt um mich herum.
„Nein, warte bitte!“, japse ich und höre mich allen Ernstes fragen: „Du spielst doch Schach?“
Sie hebt eine Augenbraue und sagt – nichts.

„Na ja, wir kommen beim Cachen nicht weiter, und da dachten wir, vielleicht könntest du uns helfen.“ Ich versuche zu lächeln. Das soll ja bei Mädchen manchmal Wunder wirken.
„Ich hab echt keine Ahnung vom Angeln“, erwidert sie kurz angebunden.
Wieso vom Angeln, was redet die denn? Egal, wir brauchen sie jetzt jedenfalls für unser Rätsel. Ohne weiter auf ihre komische Bemerkung einzugehen, drücke ich ihr schnell den Zettel mit der Aufgabe in die Hand.

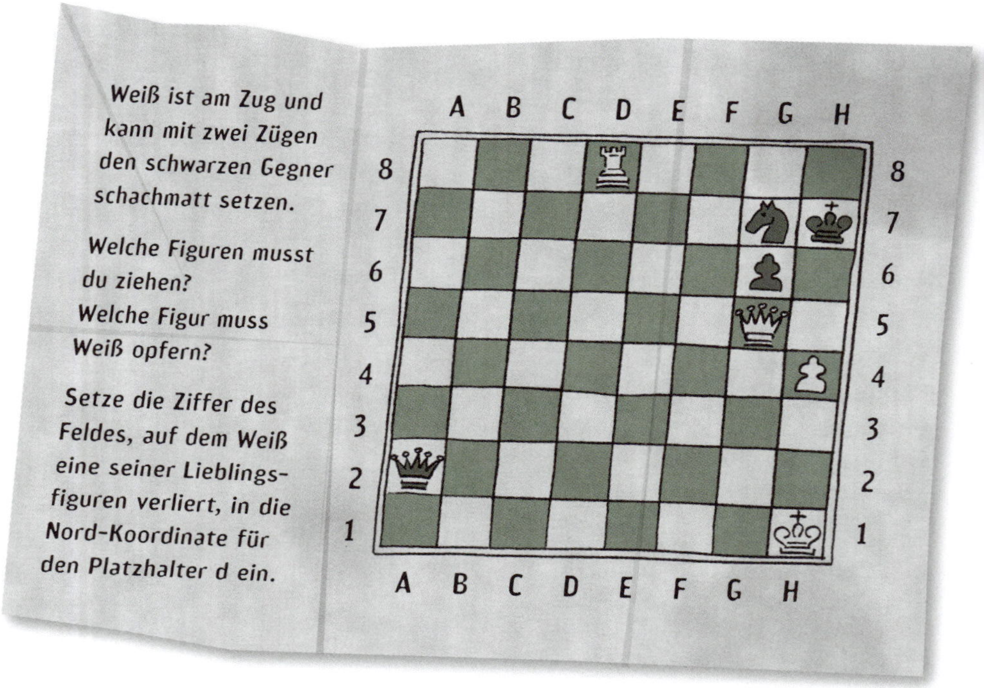

„Und was, bitte schön, soll diese Schachaufgabe mit Fischen zu tun haben? Willst du mich veräppeln?“ Wieder zieht sie eine Augenbraue hoch.
„Wieso denn mit Fischen?“, frage ich verwirrt. „Und wieso veräppeln? Mein Freund und ich haben von Schach keine Ahnung. Wir bräuchten wirklich Hilfe.“

Sie schaut mich noch immer misstrauisch an. Ich habe das ungute Gefühl, dass hier gerade etwas total in die Hose geht, und mache einen neuen Vorschlag.
„Du kannst es dir ja überlegen. Wir sind heute so gegen ein Uhr im Tierheim Pfotenglück. Das ist gleich hinter dem Supermarkt. Wenn du Lust hast, komm vorbei. Wir gehen mit den Hunden eine Runde am Bach entlang. Wäre echt super, wenn du uns helfen könntest. Mit dieser Aufgabe, meine ich."
Und bevor ich noch mehr Unsinn daherreden kann, drehe ich mich um und gehe.

„Hey, Max, wo warst du denn so lange?" Simon hängt immer noch zufrieden in seinem Stuhl, seine Hände auf dem Bauch und auf dem Hemd ein dicker Schokofleck.
„Hör mal, immerhin habe ich gerade dafür gesorgt, dass wir die Schatzdose vielleicht vor Eric und seiner Sherlock-Cacher-Gang finden!", sage ich und füge in Gedanken hinzu: Hoffentlich kommt Anna! „Wir wollten doch um eins zum Pfotenglück, oder?", versichere ich mich vorsichtshalber noch mal bei meinem Freund. „Übrigens bringe ich heute wieder Ferien mit, dann können wir mit allen drei Hunden eine Runde drehen."
„Ferien in den Ferien", sagt Simon und grinst. „Da bin ich aber froh, dass ich heute deinen Lieblingssatz nicht zu hören kriege: ‚Im Gegensatz zu dir hab ich jeden Tag Ferien!'"
Er äfft mich so blöde nach, dass ich ihn in die Seite knuffe.
Und dann machen wir uns auf den Heimweg.

Samstag | 11:40 Uhr

Warum müssen Jungs eigentlich immer so bescheuert sein? Erst verkauft mir dieser Max seinen Schachcomputer und versorgt mich in der Eisdiele mit lebensrettenden Servietten – nur um sich eine Sekunde später möglichst weit weg von mir zu setzen. Und dann rennt er mir wieder hinterher, weil er fürs Angeln eine Schachaufgabe lösen muss. Dämlicher geht's wohl nicht.
Wenn wenigstens Opa hier wäre! Mein Mann für alle schwierigen Jungs-Fälle. Kein Wunder – er ist das einzige männliche Wesen in unserer kleinen Familie.
Ich schaue noch mal auf den Zettel. Die Aufgabe müsste zu lösen sein!
Als ich in die Pension komme, steht Mama schon in unserem Zimmer und blickt mir vorwurfsvoll entgegen. „Immer muss man auf dich warten", sagt sie.
Ganz offensichtlich hat Johnny sich noch nicht gemeldet, sonst wäre ihre Laune besser.
Ich lege den Schachcomputer auf dem kleinen Tischchen ab, das schon unsere diversen Wanderführer, ein Haufen Ansichtskarten und ein angebissener Müsliriegel zieren.
„Nicht hierhin!", schreit Mama sofort. „Ich halte diese Unordnung wirklich nicht länger aus. Räum ihn irgendwohin! Bitte!"
Dieser übertriebene Ordnungsfimmel ist ein weiteres Indiz dafür, dass Mama schlecht drauf ist. Aber ich tu ihr den Gefallen und stopfe meinen tollen neuen Schatz zwischen Pullis und Socken in eines meiner Schrankfächer.
„Hat alles geklappt?", fragt Mama nun etwas ruhiger. Offenbar hat sie gemerkt, dass sie ein bisschen übertrieben hat.
„Super", sage ich. „War ein echtes Schnäppchen."
Und damit ist die Sache für meine Mutter auch schon wieder erledigt.
„Jetzt gehen wir erst mal wandern", sagt sie ohne Gnade.
Na, wunderbar – wusste ich's doch!
„Aber nur kurz", entgegne ich. „Heute Nachmittag habe ich was vor."

Während ich mich in meine Wanderschuhe quetsche, wundere ich mich über mich selbst. Heute Nachmittag habe ich was vor? Will ich mich wirklich mit diesem komischen Max und seinem gesprenkelten Freund treffen?
Ehe Mama etwas erwidern kann, klingelt ihr Handy. Natürlich erschrickt sie erst mal wieder total, so sehr, dass sie einen der Wanderführer vom Tisch fegt. An ihrer Miene sehe ich, wie sie hofft – und in der nächsten Sekunde, wie erleichtert sie ist.
Na wunderbar, der gute, schöne, kluge Johnny gibt sich endlich die Ehre. Ganz offensichtlich hat er heute mal Zeit für meine Mutter. Schon nach einer Nanosekunde sinkt sie auf ihr Bett, säuselt blödes Zeug in den Hörer und fächelt mir mit der freien Hand lässig zu. Was wohl so was heißen soll wie: Lass mir erst mal meine Ruhe – das mit dem Wandern verschiebt sich!
Nach ein paar Minuten weiß ich: Die hört so schnell nicht wieder auf. Der Mann hat eine Flatrate. Das kann dauern.
„Wir wandern später!", raunt mir Mama zu. Dann wirft sie mir noch ein verständnisheischendes Luftküsschen zu. Unglaublich, wie schnell sich ihre Laune gebessert hat!
Ich setze mich auf den Balkon, ziehe genervt die Tür hinter mir zu und nehme mir noch einmal die Schachaufgabe vor. Aber irgendwie ist die schwieriger, als ich dachte. Das gibt's doch nicht – ausgerechnet ich soll das nicht hinkriegen?! Nein, blamieren werde ich mich vor den beiden Jungs auf keinen Fall!
Da gibt's nur eins: Ich muss Opa anrufen. Aber wie? Das Handy ist bis auf Weiteres blockiert.
Plötzlich habe ich eine Idee. Leise schleiche ich mich durchs Zimmer, in dem Mama sowieso keine Notiz von mir nimmt, stürme die Treppe hinunter und klopfe bei Frau Köhler. Sie ist die Besitzerin der kleinen Pension, in der Mama und ich wohnen.
„Kann ich bei Ihnen mal telefonieren?", frage ich, als Frau Köhler öffnet. „Ich zahl's auch."
„Geht es denn aufs Festnetz?", fragt sie zurück. „Da kostet es nämlich nichts. Ich hab jetzt auch eine Flatrate."
Ich nicke und strahle sie an. Dann setze ich mich an das kleine Tischchen, auf dem das Telefon steht, und wähle Opas Nummer.

Es dauert eine Ewigkeit, bis er endlich drangeht und ich seine vertraute Stimme höre.

„Hallo, Knobel-Opa!", schreie ich fast, so erleichtert bin ich, dass ich ihn zu Hause erwische. „Du musst mir unbedingt helfen. Ich hab da ein Schach-Problem!"

Nach unserem Gespräch denke ich zwei Dinge:

1) Dieser Mann ist ein Genie!

2) Ich muss auf jeden Fall diese zwei Jungs treffen!

Samstag, 12:00 Uhr

Als ich nach Hause komme, erwarten mich gleich zwei Dinge, die ich liebe: Ferien, der wie wild mit dem Schwanz wedelt, und der Duft nach Käsespätzle.

„Ach, da kommt ja der Bub!“, schreit Oma, als ich die Küche betrete. Ich wasche mir demonstrativ an der Spüle die Hände und das Gesicht, damit sie nicht gleich wieder ein altes Taschentuch aus ihrem Blümchenkittel kramt und mir damit über die Wange wischt.

„Hast du schon Ferien?“, brüllt sie.

Jetzt weiß ich, dass sie ohne ihr Hörgerät unterwegs ist.

„Ja, Oma. Seit drei Tagen“, antworte ich und setze mich zu ihr.

„Was kannst du nicht ertragen?“, schreit sie mir nun direkt ins Ohr.

„Seit DREI TAGEN!“, wiederhole ich und fuchtele mit drei Fingern vor ihrem Gesicht herum.

„Gernot, komm essen, Käsespätzle!“ Jetzt ist es meine Mutter, die schreit. Allerdings in Richtung Keller, wo mein Vater sich wieder mal in seinem Arbeitszimmer verschanzt hat.

Das Wort „Käsespätzle“ hat magische Wirkung: Er erscheint auf der Stelle!

Und in den nächsten Minuten mampfen wir alle genüsslich die Spätzle in uns hinein, bis die riesige Pfanne leer ist.
Gleich darauf verzieht sich Papa wieder nach unten und Oma erhebt sich ächzend, um zwei Meter entfernt auf unserem Sofa niederzusinken. Wie jeden Tag hält sie hier ihren Mittagsschlaf, ehe sie wieder in ihre Wohnung zurückgeht.
Als ich meinen Teller zur Spülmaschine tragen will, sehe ich plötzlich mein Geocaching-Magazin auf dem Stuhl von Oma. Hat sie das etwa die ganze Zeit platt gesessen? Ich schnappe mir das orangefarbene Heft und fange sofort an, darin zu blättern. Und kann dann gar nicht glauben, was ich dort lese: Da hat sich ein Naturschutzverein einen Wettbewerb ausgedacht! Für Kinder! Einen ganz besonderen Wettbewerb! Hier bei uns – im Mornacher Land!

Ich zücke mein Handy und tippe:

„Hi Simon. Hab sensationelle Neuigkeiten. Könnten die Rettung sein.“

„Ich bin dann mal weg!“, rufe ich noch in die Küche zurück, während ich im Flur meinen Rucksack, die Zeitschrift und die Hundeleine schnappe.
Als Ferien und ich am Tierheim ankommen, ist von Simon keine Spur zu sehen. Stattdessen beobachte ich einen Mann in einem braunen Anzug, der gerade das Hauptgebäude des Tierheims verlässt. Eigenartig. Anzugträger sind hier ungefähr so oft zu sehen wie Pinguine. Was hatte der da drin zu suchen?
Der Mann steigt hastig in sein Auto ein, da erscheint Frau Wellenbrink in der Tür und schaut ihm aufgeregt hinterher. Mit der einen Hand hält die Leiterin des Tierheims ein Telefon ans Ohr, mit der anderen fuchtelt sie wütend in der Luft herum. Ihre laute Stimme dringt bis zu mir herüber: „Das können die doch nicht machen! Jahrelang habe ich für dieses Tierheim geschuftet. So vielen Tieren haben wir ein neues Zuhause gegeben, und nun das! Nur weil die Hundezwinger zu klein sind und wir den Tieren nicht mehr ausreichend Auslauf bieten

können." Sie läuft an den Hundeboxen vorbei und wieder zurück. „Ich kann doch auch nichts dafür, dass die Menschen so herzlos sind. Jedes Jahr werden es mehr Tiere, weil keiner anständig nachdenkt, bevor er sich ein Haustier anschafft. Und niemand will dafür zahlen. Ach, Paula, wenn wir keine Lösung finden, dann machen die hier am Ende alles dicht. Die nächste Kontrolle ist ja schon bald."

Wie bitte?! Mops und Dreibein und die anderen sollen hier demnächst kein Zuhause mehr haben? Wo sollen sie denn hin?! Dass ein Typ vom Amt damit gedroht hat, das Tierheim dichtzumachen, weil es zu voll ist, hatte uns Frau Wellenbrink ja schon erzählt. Aber dass es so ernst ist? Diese Sesselpupser sollten endlich kapieren, dass sie das Pfotenglück vergrößern müssten, statt es zu schließen!

„Na, was ist die rettende Neuigkeit?", tönt es plötzlich direkt neben meinem Ohr und ich zucke zusammen. Dann sehe ich, dass es Simon ist, der grinsend vor mir steht,

„Hier lies!", sage ich und halte ihm das Magazin vor die Nase.

Simon reißt die Augen auf. „Das gibt's doch nicht. Hier bei uns?!"

„Klar! Das könnte die Rettung vom Pfotenglück sein!"

Schnell erzähle ich Simon von dem Mann im Anzug und dem Telefongespräch von Frau Wellenbrink. Er ist mindestens so geschockt wie ich.

„Wir müssen da unbedingt mitmachen! Und wir müssen gewinnen!"

Fest entschlossen klatschen wir uns ab. Momentan ist dieser Wettbewerb einfach die einzige Möglichkeit, wie wir Frau Wellenbrink helfen können.

Dann merke ich, wie Simon mit gerunzelter Stirn über meine Schulter schaut. „Was will die denn hier?"

Neugierig drehe ich mich um.

Anna! Sie ist gekommen!

Samstag | 13:00 Uhr

Was gucken mich die beiden denn so an? Bin ich ein Zombie?
Unsicher schwenke ich das Blatt mit den Schachzügen, die mir Opa diktiert hat, als sich dieser Max endlich aus seiner Starre löst und auf mich zukommt. „Da bist du ja!"
Ich nicke und halte ihm das Blatt entgegen. Jetzt bewegt sich auch der andere Junge. Beide starren auf das Papier. Dann sehen sie mich an.
„Wahnsinn!", sagt der Typ neben Max.
„Voll der Hammer!", sagt Max.
„Simon", sagt der gesprenkelte Junge jetzt und hält mir seine Hand entgegen.
„Anna", erwidere ich und nehme seine Finger in den Schraubstock. Der soll ja nicht denken, dass er es mit einem schwachen Mädchen zu tun hat. Ich sehe, wie sich sein Mund schmerzvoll verzieht. „Freut mich, wenn ich euch helfen konnte", sage ich und will gehen.
„Hey!", rufen beide gleichzeitig. „Bleib doch mal da!"

„Willst du nicht wissen, wozu wir das brauchen?“, fragt Max.
„Muss nicht sein“, sage ich so cool wie möglich. Aber eigentlich wüsste ich es doch gerne.
In dem Moment fällt mein Blick auf einen Hund, der gemütlich herantrottet.
„Ferien!“, ruft Max.
„Toll, dass du das auch schon merkst“, sage ich irritiert. Der Typ ist echt komisch.
Doch Max achtet gar nicht auf mich. Stattdessen kniet er sich hin und streicht dem Hund übers Fell. „Bist ein guter Hund, Ferien“, sagt er. „Und du hast Glück, dass du nicht aufs Pfotenglück angewiesen bist.“
Jetzt verstehe ich!
„Das ist ja mal eine geniale Idee, seinen Hund ‚Ferien‘ zu nennen“, sage ich und schnalze mit der Zunge. „So hast du immer Ferien!“
Ich sehe, wie sich Max’ Gesicht aufhellt und wie er triumphierend zu Simon schaut.
„Du kannst Ferien gerne streicheln“, sagt er dann zu mir.
Das lasse ich mir genau einmal sagen.

Als Erstes stelle ich fest, dass mir dieser Hund sehr sympathisch ist.
Als Zweites, dass der Besitzer eines so netten Hundes kein Vollpfosten sein kann.
Und als Drittes, dass ich Dame fast so sehr vermisse wie Opa.
„Hast du auch einen Hund?“, fragt Max.
„Nein, aber mein Opa“, sage ich und gebe mir Mühe, nicht traurig zu klingen.
„Wie heißt er?“, fragt Max weiter.
„Mein Opa?“, frage ich zurück, obwohl ich genau weiß, was er meint.
„Quatsch“, sagt Max, „der Hund.“
„Dame“, sage ich und bin gespannt auf die Reaktion.
Ich kann den beiden Jungen ansehen, wie ihre Gehirnwindungen einen Gang hochschalten. Dann meldet sich ausgerechnet Simon zu Wort: „Hat das was mit deiner Schachspielerei zu tun?“
„Ja, hat es“, sage ich, „und mit der von meinem Opa auch. Mein Opa ist ein Genie im Schachspielen.“ Dann zeige ich auf das Blatt.
„Der hat das gelöst?“, fragen Max und Simon wieder gleichzeitig.
Ich nicke und berichte von meinem Anruf.
Die beiden sind offenbar so begeistert, dass sie sich jetzt nicht mehr zurückhalten können und alles völlig durcheinander erzählen: dass das Tierheim in Gefahr ist und die einzige Rettung eine gewaltige Geldspritze wäre und dass sie beide Geocacher sind und was Geocachen eigentlich ist und dass sie die Lösung der Schachaufgabe brauchten, um ihre Erzrivalen zu übertrumpfen, und dass Max so scharf auf die 20 € war, weil er für das Pfotenglück Geld eintreiben wollte, und so weiter …
Allmählich beginne ich zu verstehen: Die sind keine Angler. Es geht nicht ums Fischen und um Kescher, sondern um Cacher.
Aber was ich immer noch nicht kapiere: Was hat das Geocachen mit der Rettung des Tierheims zu tun?
Max hält mir ein Heft vor die Nase und ich lese die Ausschreibung des Wettbewerbs.
Dann checke ich den Zusammenhang.
Und spüre, wie ich Feuer fange.

„Was haltet ihr davon, wenn wir uns das Final gemeinsam sichern?"
Simons Mund klappt nach unten. Er glotzt mich an, als hätte ich Dracula persönlich zum Essen eingeladen.
Dafür rutscht Annas Augenbraue mit einem Ruck nach oben und sie fragt: „Das was?!"
Na klar, wer Cacher für Angler hält, weiß auch nicht, was ein Final ist.
„Das Ende eines sogenannten Multicaches heißt Final. Und ein Multi ist eine Serie von Verstecken, an deren Ende ein Behälter mit einem Logbuch auf einen wartet."
„Was für ein Logbuch?", fragt Anna.
„Oh Mann, du hast echt keine Ahnung!", ruft Simon. „In ein Logbuch trägt man seinen Cacher-Namen und das Datum ein."
Anna schießt einen Blick auf ihn ab, in dessen Schusslinie ich lieber nicht stehen möchte.
„Hey, vertragt euch!", sage ich. „Lasst uns jetzt lieber Mops und Dreibein befreien. Ich würde vorschlagen, wir holen erst die Hunde und dann den Cache."

Unterwegs halten wir an einer Bank an, und während Ferien, Mops und Dreibein übermütig in der Gegend herumtollen, versuche ich, Anna einen Schnellkurs im Geocachen zu geben.
„Hier, schau, das ist die Beschreibung des Caches. Dieses Listing kann man sich aus dem Internet ausdrucken und auf sein GPS laden". Ich breite die Blätter neben meinem GPS-Gerät aus.
„PGS?", fragt sie. Da ist sie schon wieder, die hochgezogene Augenbraue.
„GPS! Spricht man G wie Dschinie, P wie Pisa und S wie Essen", erkläre ich ihr. „Du kennst doch die nervige Stimme im Auto, die immer sagt, wo es lang geht?"
„Blödmann, woher soll die denn meine Mutter kennen?", schaltet Simon sich ein.
Anna lacht los.
„Ich meine das Navi", erkläre ich unbeirrt weiter. „Ein GPS-Gerät ist eine Art Navigationssystem in Klein, sodass man es gut überall mit hinnehmen kann."

„Ach so“, sagt Anna. „Das gibt es in unserem alten Golf nicht. Aber der tolle Johnny hat eins in seinem Prollschlitten.“ Jetzt lacht Anna nicht mehr.
„Na ja, auf jeden Fall kann man hier die Koordinaten eingeben. Du weißt doch, was Koordinaten sind?“, frage ich sicherheitshalber nach.
„Ich bin doch nicht blöd!“, antwortet sie.
„Bist du sicher?!“, höre ich Simon flüstern.
„Eine Koordinate ist eine von mehreren Zahlen, mit denen man die Lage eines jeden Ortes auf der ganzen Welt angeben kann“, donnert Anna die Antwort heraus.
„Wow, hast du Wikipedia auswendig gelernt?“
Warum hält Simon nicht einfach mal die Klappe?
„Nein, habe ich nicht“, kontert sie ruhig, „aber auf einem Schachbrett hat auch jedes Feld eine Art Koordinate, nur dass es nicht so viele sind wie auf einem Globus.“
„Dein Opa hat jedenfalls mit der Lösung der Schachaufgabe die letzte Koordinate herausgefunden.
Siehst du, hier ist noch eine Lücke.“ Ich zeige ihr unsere bisherigen Ergebnisse. Bei der Nord-Koordinate fehlt eine Ziffer. „Die Figur, die verloren geht, ist doch die weiße Dame?“, fasse ich zögernd Annas Lösung zusammen.
„Genau!“, sagt Anna. „Die Lösung ist eigentlich ganz einfach: Die weiße Dame zieht auf H6. Hier …“, sagt sie und zeigt mit ihrem Finger auf das Feld. „Damit ist der schwarze König im Schach und muss die Dame schlagen. Aber Weiß verkraftet das Opfer gut, denn der weiße Turm zieht jetzt auf H8 und schwupps …“ Sie grinst breit. „… Schach matt!“
In Simons Gesicht sehe ich lauter Fragezeichen.
„Die letzte Ziffer ist also die 6“, stelle ich fest.
Schnell tippe ich die Lösung in mein Gerät. „So, jetzt noch auf LOS drücken und fertig. Siehst du, dieser Pfeil zeigt die Richtung an, in die wir laufen müssen. Und in dem Feld hier oben kannst du ablesen, wie lang der Weg ist.“

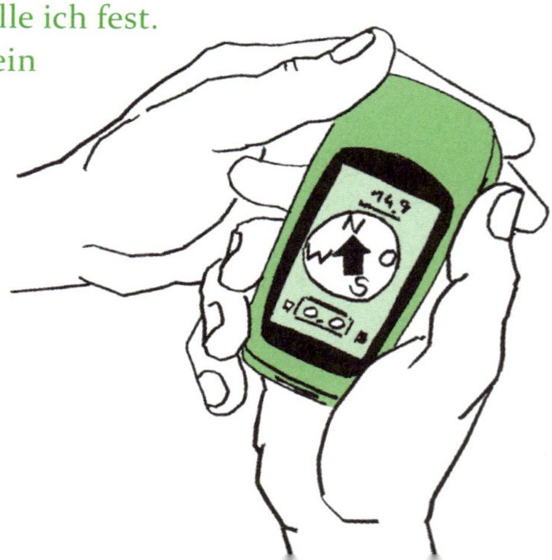

Anna beugt sich über meinen Arm, um besser sehen zu können.
„Gehen wir jetzt?!“, ruft Simon, der sich mitten in einem Knäuel Hunde befindet.
„Klar“, antworte ich und reiche Anna das Gerät.
Und dann starten wir endlich.
Gespannt starren wir auf den kleinen Bildschirm. Das Ziel kommt immer näher!
„Es muss im kleinen Park da drüben sein“, schnauft Simon.
Ich frage mich, warum er so außer Atem ist – das GPS zeigt gerade mal eine Schrittgeschwindigkeit von 3,7 km/h an. Egal, Hauptsache, wir kommen ans Ziel.
„Stimmt, wir müssen abbiegen“, meint auch Anna. „Auf der Karte hier ist eine grüne Fläche zwischen den Straßen zu sehen. Kann nicht mehr weit sein.“
Wir folgen ihr, bis sie plötzlich stehenbleibt und flüstert: „Hier ist es.“
„Warum flüsterst du?“, fragt Simon spöttisch.
„Hör auf zu stänkern!“, sage ich zu ihm. „Es ist doch richtig, dass man nicht rumblökt. Kein Muggel muss wissen, was wir hier machen.“
„Muggel? Sind wir jetzt auch noch bei Harry Potter oder was?“ Anna schaut uns fragend an. „Ich hab ja nun kapiert, dass Geocaching nichts mit Angeln zu tun hat, aber wie Zauberei jetzt dazu passt, verstehe ich nicht. Kann es sein, dass ihr da was durcheinanderbringt?“
„Nein“, erkläre ich ihr, „bei Harry Potter sind Muggel Menschen, die nichts von Zauberei verstehen. Beim Geocaching sind es Leute, die nichts vom Geocaching verstehen. So einfach ist das.“
„Und wo ist jetzt der Schatz?“, fragt Anna.
Simon schnippt mit den Fingern. „Mir fällt da gerade was ein. Max, wie heißt der Cache noch mal?“
„Schachmatt“, sage ich.
„Und die Aufgaben hatten alle mit Schach zu tun, richtig?“
„Ja. Und?“
„Es ist das Schachspiel da drüben, stimmt's?“, ruft Anna und hüpft vor Begeisterung in die Luft. Sie zeigt auf das große schwarz-weiße Feld, auf dem die Dorf-Opas am Wochenende immer Schach spielen. Heute ist niemand da. Perfekt!
„Bingo!“, rufe ich und laufe los.

Ich beginne eine Figur nach der anderen umzudrehen. Aber da ist nichts. Auch Simon und Anna finden nichts Ungewöhnliches. Zweiunddreißig Schachfiguren fliegen jetzt alle wild durcheinander – und bisher keine Spur.

„Lasst uns noch einmal die Beschreibung durchlesen. Vielleicht haben wir einen Hinweis übersehen“, schlage ich vor und krame aus den Tiefen des Rucksacks die Zettel heraus.

„Jungs, ich habe von Cachen vielleicht keine Ahnung, aber ich glaub, ich weiß es!“, ruft Anna. „Der Dings heißt ‚Schachmatt‘, richtig?“

„Der Cache“, verbessert Simon sie.

„Von mir aus: der Cache. Auf jeden Fall ging es in der Aufgabe darum, wie man den schwarzen König schachmatt setzt. Die letzte Figur, die man bewegen musste, war die weiße Dame.

Kann es nicht sein, dass dort das Versteck ist?“

Wir stürzen uns auf die weiße Dame und zerren sie zwischen den anderen Figuren hervor.

„Schaut doch, da hat jemand ein G und ein C in den Boden eingeritzt!“, ruft Simon.

„GC?“, fragt Anna.

„Das ist die Abkürzung für Geo-Cache. Geo steht für Erde oder Land und Cache kommt aus dem Englischen und bedeutet Versteck“, erklärt Simon ihr ausnahmsweise mal ganz nett.

Er fingert an der Figur herum, aber es passiert rein gar nichts. Immer wieder dreht er sie, stellt sie auf den Kopf und schüttelt sie.

Plötzlich reißt Anna ihm das Teil aus der Hand und schraubt es mit einem Dreh auseinander. In der nächsten Sekunde plumpst etwas Dickes, Längliches auf den Boden. „Das ist der Cache? Eine Plastikdose?!“

Anna guckt, als hätte man ihr ein gebrauchtes Kaugummi geschenkt.

Samstag, 13:40 Uhr

Merkwürdige Sache, das mit dem Geocachen: Am Ende findet man also eine Plastikdose und ein Logbuch …
Aber ehe ich mir darüber weiter Gedanken machen kann, sehe ich die langen Gesichter der beiden Jungs.
„Verdammt!“, schreit Simon. „Die waren vor uns da!“
„Katzenkacke!“, poltert nun auch Max los. „Wir müssen die endlich schlagen!“
Jetzt begreife ich: Die Konkurrenz war schneller! Ich schiele in das Logbuch, das Max in den Händen hält. Der letzte Eintrag ist von heute Mittag, unterzeichnet mit „Sherlock-Cacher“.
Obwohl ich die beiden Jungs erst seit ein paar Stunden kenne, kann ich ihnen ihre Enttäuschung nachfühlen.
„Darf ich das Heft noch mal sehen, in dem das mit dem Wettbewerb steht?“, frage ich.
„Klar“, sagt Max und reicht mir das Magazin.
„Bestimmt machen die Sherlock-Cacher da auch mit“, sagt Simon und starrt auf seine Schuhe, „gegen die haben wir einfach keine Chance!“
Fieberhaft überlege ich hin und her. Wie formuliere ich am besten, was ich den beiden jetzt sagen möchte?
„Ich will mich ja nicht aufdrängen“, quetsche ich schließlich total verkrampft hervor, „aber wenn ihr mich brauchen könnt … ich hätte schon Lust …“
Beide Jungs reißen überrascht ihren Kopf zu mir herum. Keiner sagt etwas.
„Wie lange bist du eigentlich noch hier?“, fragt Max schließlich.
„Ich glaube, eine knappe Woche“, antworte ich, weil ich Mama wieder mal nicht zugehört habe.
„Kommt drauf an, wie umfangreich der Wettbewerb ist“, sagt Simon. „Könnte eng werden.“
Dann streckt er mir die Hand hin. „Willkommen in unserer Mitte, von mir aus bist du die Dritte!“
Ich schlage ein, verzichte diesmal aber auf den Schraubstock. Aus den Augenwinkeln beobachte ich Max. Huscht da etwa ein kurzes Lächeln

über sein Gesicht oder bilde ich mir das nur ein? Auf jeden Fall streckt auch er mir jetzt die Hand entgegen. Ich greife zu und stelle fest, dass sie sich ganz anders anfühlt als die von Simon. Fester, kräftiger. Wir sehen uns an – und ich kann plötzlich nicht mehr glauben, dass das der Junge ist, dem ich heute Morgen erst im SparGut einen Schachcomputer abgekauft habe.
Dann stürzen wir uns alle drei auf die Ausschreibung des Wettbewerbs.

Nachwuchs-Geocacher gesucht!

Im Rahmen einer einzigartigen Aktion ruft der Natur- und Tierschutzbund „Natierlieb“ zum großen Wettcachen im Mornacher Land auf. Vom 1. bis 7. August können junge Geocacher-Teams bis 13 Jahren auf moderne Schnitzeljagd gehen. Wer am schnellsten alle Rätsel löst und den Schatz findet, kann sich einen Herzenswunsch erfüllen und ein Projekt im Rahmen des Tier- und Naturschutzes fördern.
Welche Aufgaben es zu lösen gilt und wie ihr euch anmeldet, erfahrt ihr hier: **www.cache-kids.de**

„Der Wievielte ist heute?“, frage ich in die Runde.
„Der 2. August“, antwortet Anna wie aus der Pistole geschossen.
„Dann hat der Wettbewerb gestern begonnen!“, stellt Simon ganz richtig fest. „Also los: Starten statt warten!“
Er kramt einen kleinen Bleistift aus seiner Hosentasche, nimmt mir das Logbuch aus der Hand und trägt sich hektisch ein. Anna beobachtet ihn neugierig.
„Willst du auch?“, frage ich und reiche das Logbuch an sie weiter.
„Spinnst du?“ Simon starrt mich entgeistert an. „Die hat doch gar keinen Account.“
Aus dem Augenwinkel sehe ich, dass Anna ihre Hand ganz schnell zurückzieht.
„Schon okay“, murmelt sie hinter ihrem Haarvorhang, der sich gerade wieder schließt.
„Wir müssen den Fund später sowieso noch im Internet loggen, dann können wir dir gleich einen eigenen Account anlegen“, schlage ich vor und lasse Anna trotz Simons Einwand unterschreiben. Dann rolle ich das Logbuch ein und stecke es zurück in die Plastikdose.
Mit den Hunden an den Leinen marschieren wir zurück zum Pfotenglück.

„Du solltest dir schon mal einen Cacher-Namen überlegen“, sagt Simon unterwegs zu Anna.
„Gibt es da bestimmte Regeln?“, fragt sie interessiert. „Wie heißt ihr denn?“
„GPS-Kid“, antwortet Simon.
„Geopirat“, sage ich und hänge gleich noch eine Erklärung dran: „Regeln gibt es eigentlich keine. Es sollte aber nicht dein echter Name sein, den du beim Cachen benutzt. Das ist sicherer, wenn man im Netz unterwegs ist und sich ständig irgendwo in Logbücher einträgt. Muss ja keiner wissen, dass du das bist.“
„Ich überleg mir was“, gibt Anna zurück, während sie an ihrer Unterlippe knabbert. „Aber wo gehen wir denn ins Internet?“
„Am besten bei mir“, sage ich.

Samstag, 14:15 Uhr

Wer hätte das gedacht? Jetzt trotte ich tatsächlich hinter diesen beiden Jungs her! Zu Max nach Hause – bin schon gespannt, wo wir da landen. Auf jeden Fall weiß ich eins sicher: Ich möchte unbedingt bei diesem Geocaching-Zeug mitmischen!
„Schau mal – da!" Simon rempelt Max seinen Ellenbogen in die Seite.
„Pass doch auf, das war mein GPS, du …" Weiter kommt Max nicht. Er hat wohl auch gesehen, was Simon ihm so dringend zeigen wollte.
Ich folge den Blicken der beiden. Drei Jungen nähern sich auf dem gegenüberliegenden Gehsteig. Sie halten etwas in ihren Händen, was ich nicht erkennen kann.
„Hey, der Geopirat und das GPS-Kid!", schreit einer der drei. „Mit einer Tussi!"
„Eric und seine bescheuerten Sherlock-Cacher", quetscht Max hervor.
„Die sind echt nicht mein Fall", ergänzt Simon, „aber beim Cachen leider spitze."

„Irgendwie hab ich das Gefühl, dass die mit dem Wettbewerb schon begonnen haben“, sagt Max. „Der hatte doch sein GPS-Gerät schon wieder in der Hand.“
Er stapft schweigend weiter, hält dann vor einem Haus, das unserer Pension ziemlich ähnlich sieht, und klingelt ungeduldig. Kurz darauf öffnet eine Frau die Tür.
„Du bist schon wieder da?“, ruft sie.
Dann fällt ihr Blick auf mich und sie lächelt mich neugierig an, während Ferien an ihr vorbei ins Haus huscht.
„Ich bin Anna“, sage ich höflich und reiche ihr die Hand.
Simon pfeift durch die Zähne und flüstert grinsend: „Sieh an, wir demonstrieren gute Manieren!“
„Das ist Anna“, stellt Max mich vor. „Ich habe ihr … wir waren … wir wollen …“
„Sie ist hier im Urlaub“, fällt Simon ihm ins Wort. „Sie hat mit uns die Hunde ausgeführt.“
„Dann kommt mal rein“, sagt die Frau. Und zu mir gewandt: „Ich bin übrigens die Mutter von Max.“
Plötzlich höre ich ein eigenartiges Geräusch: lautes Schnarchen! Mitten am Tag!
„Wir gehen in mein Zimmer. Müssen was im Internet nachschauen“, ruft Max seiner Mutter noch zu, während er die Treppe hochstürmt. Simon ist ihm dicht auf den Fersen. Na gut, dann dackele ich halt wieder hinter den beiden her.
Ich folge ihnen ins obere Stockwerk und bleibe zögernd im Türrahmen des Zimmers stehen, in dem die beiden verschwunden sind.
„Aber eine Sondereinladung brauchst du nicht?“, fragt Simon – schaut mich dabei aber so nett an, dass ich mir die blöde Bemerkung verkneife, die mir schon auf der Zunge liegt.
Schnell schließt Max die Tür hinter mir und fährt den PC hoch.
„Das war übrigens meine Oma, die man bis nach München schnarchen hört“, erklärt er mir und fängt dann an, hastig Sitzgelegenheiten für uns zusammenzusuchen.
Währenddessen sehe ich mich in seinem Zimmer um. So etwas Schräges habe ich in meinem ganzen Leben noch nicht gesehen! Auf einem Tisch thront ein Aquarium mit ungefähr hundert Fischen. In der Ecke

steht etwas Ähnliches, aber ohne Fische. Ich trau mich gar nicht, genauer hinzuschauen. Wer weiß, ob er nicht vielleicht auch Spinnen züchtet? Ansonsten herrscht in seinem Zimmer kreatives Chaos – um es mal nett auszudrücken: Mehrere Taschenlampen liegen herum, zwei verschieden große Becherlupen, ein Fernglas, ein Kompass, ein Mikroskop und jede Menge Bücher, Hefte und Klamotten. Und direkt vor mir auf dem Schreibtisch liegt ein Ringbuch mit dem Titel „Abenteuer Geocaching".

Inzwischen hat Max für mich hinter dem Schrank einen wackligen Klappstuhl hervorgezerrt und Simon darf sich in einen Sitzsack plumpsen lassen.

„Von unten nach oben, da gibt's nix zu loben", beschwert er sich, während er verzweifelt hoch zum Bildschirm linst. Ohne seine komischen Reime geht bei ihm offensichtlich nichts ...

Dann gibt Max endlich www.cache-kids.de ein und im nächsten Moment starren wir alle auf die Webseite. Auch Simon, der sich inzwischen von seinem Sitzsack hochgewuchtet hat und uns nun über die Schultern schaut.

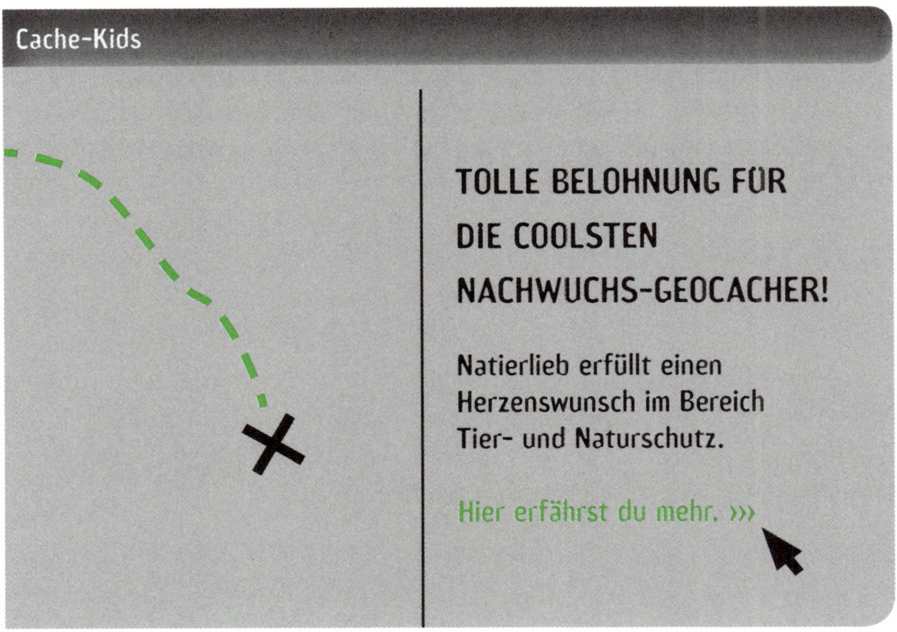

Max klickt den Link an und wir lesen gebannt weiter.

Cache-Kids

AN DIE GPS-GERÄTE – FERTIG – LOS!

Unser großer Wettbewerb hat begonnen und DU hast noch immer die Chance, mit deinem Team dabei zu sein. Meldet euch an, löst die Rätsel und gewinnt die Erfüllung eures natierlieben Herzenswunsches. Ab dem Moment des Einloggens läuft die Zeit. Wie viele Stunden, wie viele Tage werdet ihr brauchen? Da man sich jederzeit anmelden kann, bleibt das Ergebnis bis zum Ende offen.

Aufgepasst:
Zwischen 17:00 und 9:00 Uhr ist keine Eingabe möglich.

Auf den kommenden Seiten findest du das erste Rätsel, um an die Koordinaten zu kommen. Suche den Cache und finde den Code. Kehre zurück und logge den Code auf dieser Seite ein. Schon erhältst du das nächste Rätsel und neue Koordinaten. Das Team, das den Sieg-Code in der kürzesten Zeit findet und eingibt, gewinnt!

Viel Glück!

weiter ›››

Wow, das klingt wirklich gut!
Aber bevor ich mich so richtig freuen kann, kommt mir plötzlich ein Gedanke: Bestimmt kostet das Cachen Geld! Und ich habe keins mehr. Das steckt alles in dem kleinen Schachcomputer.

Samstag, 14:25 Uhr

„... in der kürzesten Zeit findet und eingibt, gewinnt ... bla bla bla“, wiederholt Simon ungeduldig die letzten Worte. „Also, wo sind denn jetzt die Fragen?
„Warte, hier geht’s weiter“, antworte ich und klicke auf ein Feld am unteren Rand.

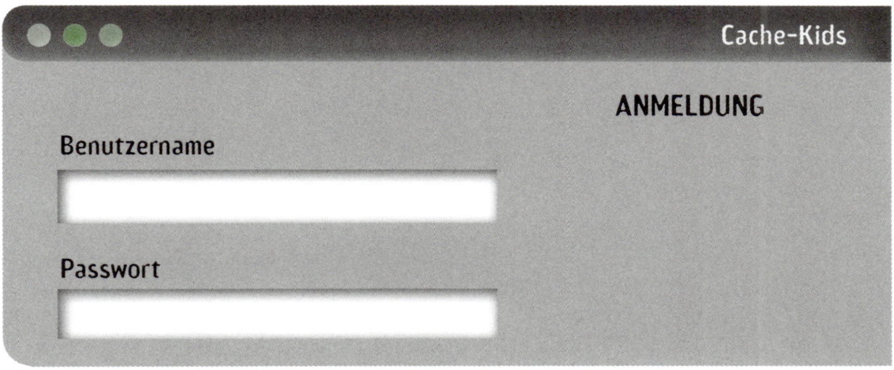

„Wir müssen uns erst anmelden. Hast du dir einen Namen ausgedacht?“ Ich drehe mich auf meinem Schreibtischstuhl zu Anna um und sehe sie fragend an.
„Ähm, ja, schon. Aber ich glaube, ich kann doch nicht mitmachen“, sagt sie leise. „Ich kann es mir nicht leisten. Mein ganzes Geld ist gerade für deinen Schachcomputer draufgegangen.“
„Meinst du vielleicht, wir könnten in unserer Situation die Kohle aus dem Fenster werfen?“, erwidert Simon.
Ich werfe ihm einen genervten Blick zu. Muss er immer gleich so blöd reagieren?
„Egal, wo du dich fürs Geocaching anmeldest – es darf dich erst mal nichts kosten!“, erkläre ich Anna. „Man kann später besondere Mitgliedschaften abschließen, die müssen dann bezahlt werden. Das brauchst du aber im Moment nicht.“
„Aha“, sagt Anna – aber ihre Augenbraue ist immer noch skeptisch nach oben gezogen.

„Die Basis-Mitgliedschaft kostet dich auf keiner Geocaching-Seite etwas“, fahre ich fort. „Und hier eben erst recht nicht. Das ist ein Wettbewerb, der nicht offiziell auf einer dieser Plattformen verzeichnet ist.“
„Ach so“, sagt sie und sieht jetzt ziemlich erleichtert aus.
„Geocacher stehen nicht so gerne in der Öffentlichkeit und halten auch nicht viel von solchen Wettbewerben. Cachen ist aber inzwischen ziemlich angesagt und deshalb gibt es mittlerweile Organisationen, die das nutzen“, sage ich. „Ich fände es auf jeden Fall super, wenn unser Hobby dem Pfotenglück helfen könnte!“
Während ich mich nun ums Einloggen kümmere, sehe ich, dass Anna mich begeistert anstrahlt. Zuerst müssen wir natürlich alle möglichen Vorschriften und Belehrungen abnicken.
„... nicht von den Wegen abweichen ... sich und andere nicht in Gefahr bringen ...“, nuschelt Simon halblaut den Text mit, während ich meine Häkchen jeweils an der geforderten Stelle mache.
„Also, was trage ich jetzt ein?“, frage ich dann. „Geopirat, GPS-Kid und ...?“
„Chessy“, antwortet Anna.
„Jessie? Heißt du etwa mit zweitem Namen Jessica?“, stichelt Simon von hinten.
„Chessy! Wie das englische Wort für Schach: Chess“, sagt Anna, ohne sich aus der Ruhe bringen zu lassen.
„Cool“, rutscht es mir über die Lippen.
„Und jetzt brauchen wir noch einen Team-Namen“, werfe ich dann in die Runde.
„Wieso das denn?“, fragt Simon.
„Eben weil sich hier Teams anmelden!“, gebe ich zurück.
„Wie wäre es mit Geochesskid?“, schlägt Anna vor.
„Nee“, sagt Simon.

„Dann lass dir was Besseres einfallen!“, faucht Anna.
Es wird leise im Zimmer.
„Wenn wir in diesem Tempo weitermachen, sind alle anderen fertig, bevor wir überhaupt angefangen haben“, sage ich in die Stille und tippe „Cache-Kids“ in das Feld für den Team-Namen.
„Cache-Kids? Wie der Name der Webseite?“, fragt Anna mit hochgezogener Augenbraue und sieht mich zweifelnd an. „Ist ja nicht besonders einfallsreich.“
Bevor ich antworten kann, kommt Simon mir zu Hilfe: „Besser als nichts – klingt doch gar nicht so übel! Los, nun mach schon!“
Nach wenigen Klicks öffnet sich die Seite mit den ersten Fragen.

Bayern bietet Mensch und Tier eine große Landschaftsvielfalt und dadurch auch einen ganz besonderen Lebensraum. Viele Tiere haben sich hier angesiedelt und genießen die Abwechslung der Wälder, Seen, Flüsse und Berge ...

Finde in unserem Buchstabensalat sechs typische Bewohner Bayerns und ordne sie anschließend den Tierspuren zu.

a = _ _ _ _ _ _ _ _ _ _ _ _ _ _ _

b = _ _ _ _

c = _ _ _ _ _ _ _ _ _

d = _ _ _ _ _

e = _ _ _ _ _ _ _ _ _ _ _ _ _ _

f = _ _ _ _ _ _ _ _ _ _

F	L	A	A	X	T	O	Y	S	H	G	D	A	C	M
Q	E	D	L	L	A	S	O	E	E	K	R	N	Z	U
U	R	U	P	I	M	H	J	I	X	T	E	G	E	R
A	M	N	E	T	A	V	A	I	B	O	B	I	E	L
X	W	T	N	R	Y	A	N	F	I	L	I	A	N	E
L	A	I	S	G	S	T	E	M	C	H	B	V	O	P
U	N	B	T	L	L	A	S	A	M	N	P	U	S	T
B	O	X	E	S	I	M	L	Y	U	B	S	Z	O	D
T	E	N	I	S	C	Z	A	A	R	R	U	N	I	X
S	U	P	N	A	V	L	R	I	M	O	D	N	A	R
I	Y	V	B	P	A	B	U	R	E	A	B	M	O	I
K	F	L	O	W	S	I	O	T	L	X	N	P	L	A
D	B	W	C	H	O	Q	W	Z	T	Y	V	D	E	T
A	T	I	K	O	L	V	I	Z	I	P	A	U	E	S
L	U	M	W	A	S	E	K	R	E	X	U	P	T	R
S	R	N	L	U	T	U	Y	S	R	T	E	N	I	Z

weiter ›››

Die Ziffer am Ende der jeweiligen Spur verrät dir die fehlende Koordinate.

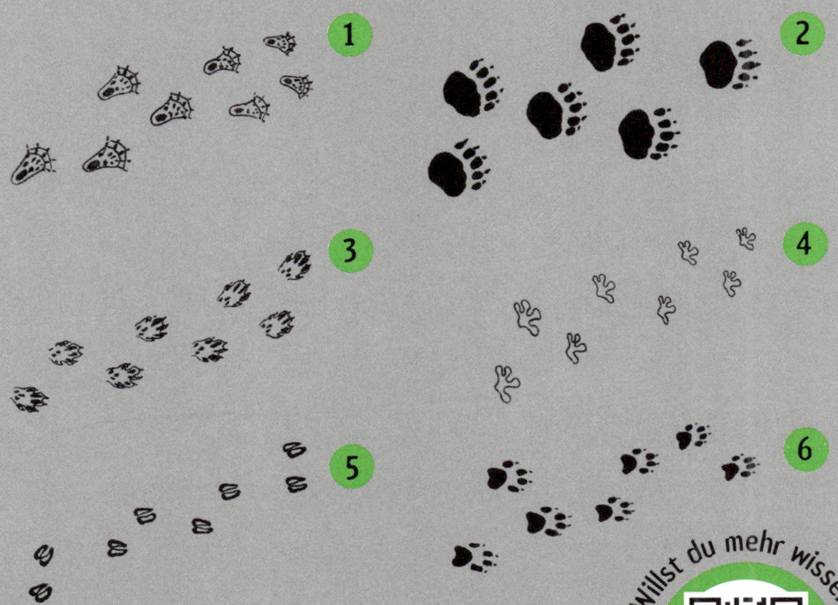

Willst du mehr wissen?
Scanne hier!

www.cache-kids.de/raetsel1

„Ich verstehe kein Wort“, seufzt Anna.
Auch Simon und ich schauen uns die Aufgabe noch mal genauer an.
„In der letzten Schülerzeitung gab es so ein Rätsel!“, fällt mir plötzlich ein. „Da sollte man versteckte Wörter suchen. Buchstabensalat. Waagerecht, senkrecht und diagonal.“
„Dann müssen wir also zuerst die Tiernamen finden“, sagt Anna.
„Ich hab eins: Esel!“, brüllt Simon und reißt die Arme in die Luft.
„Selber Esel! Das ist doch kein typisches Tier für Bayern“, pruste ich heraus.

„Frag mal meinen Vater", widerspricht Simon. „Wenn der im Auto sitzt, schimpft er die ganze Zeit darüber, dass auf den Straßen nur Esel unterwegs sind. Und seitdem wir in Bayern sind, ist es besonders schlimm."
„Und welche Tiere sind nun typisch bayrisch?", fragt Anna.
Simon und ich schauen uns an, aber keiner sagt was.
„Tipp doch die Frage mal in eine Suchmaschine ein", schlägt Anna jetzt vor.
Schnell öffne ich eine neue Seite und tippe „Tiere in Bayern". Wir klicken durch jede Menge Seiten und haben in null Komma nichts eine ganze Liste vor uns. Mensch, wer hätte gedacht, dass es in Bayern Luchse gibt? Und dass so viele Tiere auf der roten Liste der gefährdeten Tiere stehen?
Auf jeden Fall geht jetzt alles ganz schnell. In kürzester Zeit haben wir sechs Tiere eingekreist, die genau in die vorgegebenen Felder passen. Und mit ein bisschen Überlegen (und noch ein bisschen mehr Internet-Hilfe …) lassen sich auch die Spuren zuordnen.
„Schau, das sind sie: die ersten Koordinaten!", sage ich zu Anna und halte ihr das Blatt unter die Nase. Dann tippe ich die Koordinaten in mein GPS.

„Wir können nur hoffen, dass es nicht so weit weg ist", sage ich aufgeregt.
„Aber nachdem Eric und seine Begleiter sich hier herumgetrieben haben, dürfte es ganz in der Nähe sein."
„Verflixt!", sagt Simon plötzlich. „Da fällt mir ein: Wir müssen den Schach-Cache ja auch noch loggen!"
In Windeseile lege ich den Account für Anna an. Sie bekommt eine Basis-Mitgliedschaft mit ihrem coolen neuen Cacher-Nickname. Dann suche ich den GC-Code raus und erkläre Anna, dass jeder Cache eine Nummer hat, die nur ein Mal vergeben wird. Wir wählen, dank der Hilfe von Annas Opa, den „gefunden-Eintrag". Das gleiche wiederholen wir bei Simons und meinem Account. Und schon hat wieder jeder einen Smiley für eine erfolgreich abgeschlossene Schatzsuche!
„So, das war's für heute", sage ich. „Deinen Account, Anna, mit den Koordinaten deines Zuhauses legen wir irgendwann später an.

Samstag, 14:45 Uhr

Schon zwei Treffer! Ich muss zugeben, dieses Geocaching ist ganz nach meinem Geschmack. Da spüre ich sofort meinen „brennenden Ehrgeiz“ in mir, wie Mama es immer nennt. Dass solche Typen wie Eric und seine Freunde uns schlagen könnten, darf einfach nicht passieren!

Am liebsten würde ich Max einen Beschleuniger verpassen. Wie der da in aller Seelenruhe an seinem Gerät herumfummelt, das gibt's nicht. Die Zeit läuft!

Doch dann erscheint auf dem GPS-Gerät plötzlich eine Art Landkarte. Und die beiden Jungs zucken zusammen.

„Das ist ja ganz nah am Friedhof …“, sagt Simon.

„Deshalb ist Eric mit seinen Leuten auch in Richtung Kirche geschlichen!“, ruft Max und schlägt sich mit der Hand gegen die Stirn.

„Dann nichts wie hinterher!“, versuche ich, die beiden auf Trab zu bringen. Doch sie rühren sich nicht von der Stelle.

„Wir dürfen den Sherlock-Cachern auf keinen Fall auf die richtige Spur helfen!“, weist Simon mich zurecht.

„Ja, aber …“

„Wenn wir jetzt dort hinrennen“, fällt Max mir ins Wort, „kann es sein, dass die Sherlocks durch uns auf die Lösung kommen!“

„Aber sie waren doch schon auf dem richtigen Weg!“, versuche ich es noch mal.

„Wir wissen trotzdem nicht, ob sie den Cache gefunden haben“, sagt Simon und setzt dann einen seiner dämlichen Reime obendrauf: „Auch bei korrekten Koordinaten muss der Cacher noch raten.“

„Es gibt zwei Möglichkeiten“, schaltet sich Max wieder ein. „Entweder die haben den ersten Cache schon gefunden – dann können wir ohnehin nichts mehr machen. Oder sie suchen noch – dann wären wir schön blöd, wenn wir ihnen helfen würden.“

„Ihr wollt euch aber nicht etwa im Schutz der Dunkelheit anschleichen?“, frage ich spöttisch. Dabei habe ich einfach nur Angst, dass ich im entscheidenden Moment nicht mit dabei sein kann. Denn eines weiß ich sicher: Mama wird mich ganz bestimmt nicht rauslassen, wenn es dunkle Nacht ist!

„Quatsch“, sagt Simon. „Wir haben uns nur zur Regel gemacht, als Erstes mal zu Hause gründlich nachzudenken.“
„Okay, dann denken wir nach“, sage ich und fange gleich damit an.
„Kann es sein, dass auch hier ein Zusammenhang mit dem Rätsel besteht?“, frage ich kurz darauf.
„Du meinst, dass wir das Grab eines Feuersalamanders suchen müssen?“, fragt Max grinsend zurück. „Vielleicht.“
„Oder ein Murmeltier …“, überlege ich weiter.
Simon lacht. „Ein Murmeltier werden die auch nicht auf dem Friedhof bestattet haben.“
„Scherzkeks!“, sage ich. „Kann es sein, dass in der Nähe des Friedhofs irgendetwas mit Murmeln ist?“
„Nicht, dass ich wüsste“, sagt Max.
Wir schauen wieder auf das GPS-Gerät.
„Ist das ein Fluss?“, frage ich und zeige auf eine blaue Linie.
„Na ja, eher ein Bach“, sagt Simon. „Die Mornach eben.“
„Schade, dass kein Fisch unter den Tieren ist!“, seufze ich.
„Moment! Castor fiber!“, schreit Max.
Simon verdreht die Augen. „Da isser wieder – unser Naturfreak!“
„Wer kann, der kann. Oder besser: Wer weiß, der weiß. Wirst schon sehen!“, erwidert Max. Dann hackt er wie wild in die Tasten seines Computers.
„Die Mornach also“, sagt Max zufrieden.

Cache-Kids

Der Biber ist ein semiaquatisches Säugetier, das heißt, sein Lebensraum sind fließende und stehende Gewässer und deren Uferbereiche.

Irgendwie bin ich total aufgeregt. Das fühlt sich ja wirklich fast wie eine Schatzsuche an! Und wie ein Geheimkommando obendrein. Wer hätte gedacht, dass dieser stinklangweilige Urlaub sich so entwickeln würde!
Ich hüpfe hinter Simon und Max die Treppe hinunter nach draußen. Am liebsten würde ich weiterhüpfen, so sehr freue ich mich. Aber natürlich tue ich es nicht.
„Am besten, wir schlendern jetzt einfach ein bisschen herum“, sagt Max leise, „und tun so, als hätten wir kein bestimmtes Ziel. Und dann landen wir rein zufällig an der Mornach.“
„Wie wäre es, wenn wir erst noch dem Friedhof einen Besuch abstatten?“, fragt Simon.
In diesem Moment ertönt ein Geräusch. Ein dumpfes Bellen. Ich sehe mich um: Ist Ferien uns etwa nachgelaufen?
Während ich nach rechts und links gucke, greift Max lässig in seine Hosentasche und fingert sein Handy hervor. Erst jetzt begreife ich: Das war sein Klingelton!
„Ja?“, sagt Max. Er sieht überrascht aus. Dann reicht er mir das Telefon. „Für dich!“, sagt er.
„Ja?“, sage auch ich in den Hörer.
Und weiß im nächsten Moment, dass dies das Ende eines unbeschwerten Nachmittages ist.

Samstag, 15:30 Uhr

Annas Augenbraue zuckt wieder nervös. „Oh Mist, ich hab dir heute auf Mamas Handy geschrieben, weil ich selber keins hab", sagt sie entschuldigend zu mir. „Und jetzt hat meine Mutter messerscharf geschlossen, dass ich …" Sie sieht uns bedauernd an und knurrt: „Sorry, Jungs. Ich muss los. Wenn ich nicht auf der Stelle antanze, darf ich den Rest der Ferien mit ihr im Seidenmalkurs der Volkshochschule absitzen."

„Und was wird jetzt aus dem Cache?", schleudert Simon ihr entgegen.

„Schon klar, dass so eine Dose kaum ohne Mädchenpower zu finden ist", sagt Anna und grinst. „Aber vielleicht strengt ihr euch mal ein bisschen an, dann können wir morgen die nächste Station zusammen suchen."

Sie geht ein paar Schritte und dreht sich noch mal zu mir um. „Um zehn Uhr bei dir?"

Ich wechsle einen schnellen Blick mit Simon und wir nicken beide.

„Da biegt deine Schnecke ganz schnell um die Ecke", reimt Simon und kichert.

Kann er sich nicht ein Mal seine blöden Sprüche verkneifen?

„Jetzt im Ernst: Was hältst du davon?", frage ich, um von mir abzulenken.

„Von Anna?" Dieses Mal kichert er nicht nur, sondern lacht lauthals los.

„Quatsch, vom Wettbewerb! Meinst du, das könnte tatsächlich etwas werden?"

„Tja, keinen Schimmer, ob der Gewinner wirklich seinen Wunsch erfüllt bekommt", sagt Simon. „Für das Pfotenglück wäre das die Rettung. Aber ob es ein Fake ist? Keine Ahnung."

„Die Homepage war nicht schlecht", werfe ich ein.

„Warten wir einfach die erste Dose ab", meint Simon, „dann wissen wir mehr. Entweder da ist ein Code drin und es geht weiter, oder die haben uns voll …"

In dem Moment wird er von einem lauten Knall unterbrochen.

„Was zum Teufel …?“, flucht er und dreht sich um. Schon zischt etwas heran und trifft – mich! Auf meinem Rücken macht sich Kälte breit. Wumms! Der nächste Einschlag. Und noch einer. Bunte Geschosse sausen auf uns nieder.
„Lauf!“, brüllt Simon und rennt los.
Während ich hinter ihm herhechte, kapiere ich blitzartig, in welche Richtung wir laufen: direkt zum Friedhof!
Wieder knallt mir etwas gegen den Rücken. Dann zwischen die Beine. Es brennt und fühlt sich gleichzeitig nass und kalt an. Voller Panik geben wir Gas. Ab durch die eiserne Pforte, vorbei an einer Wasserstelle mit gelben und grünen Gießkannen, den kleinen Hügel hinauf. Im Slalom umkreisen wir die Gräber und flüchten uns hinter das einzige Gebäude auf dem Friedhof – die Halle, in der die Toten liegen. Völlig außer Atem lehnen wir uns an die kalte Backsteinwand. Unsere Flucht ist zwar erst mal zu Ende, aber dieses Versteck ist nicht gerade nervenberuhigend. Klar weiß ich, dass es keine Vampire oder Geister gibt und dass ein Mensch mir nichts tun kann, wenn er tot ist. Aber woher kommen die Stimmen, die ich gerade höre? Ich bin doch nicht bekloppt. Die sind ganz bestimmt nicht in meinem Kopf. Aus dem Grab da drüben? Vom Komposthaufen mit den verwelkten Blumen? Aus der Totenhalle?
Ich springe auf – und werde in der nächsten Sekunde von Simon zu Fall gebracht.
„Geht’s noch?“ Wütend sieht er mich an. „Meinst du, ich rase wie blöd, nur damit du der Konkurrenz jetzt unser Versteck verrätst?“
Ich verstehe kein Wort. Schweiß vermischt sich mit Gänsehaut und Kälte auf meinem Rücken.
Ich sehe, wie Simon vorsichtig um die Ecke linst. „Sie stehen am Tor“, sagt er. „Die alte Brunnbauer hat sie aufgehalten und faltet sie zusammen, weil sie auf den Friedhof rennen wollten.“ Er grinst. „Auch recht, eine Strafpredigt der Bürgermeisterin ist erstens kein Spaß und zweitens dauert sie ewig.“
„Hast du eine Ahnung, was das war?“, frage ich, immer noch ganz benommen.
„Nicht was, sondern wer! Die Sherlock-Cacher haben sich an der Brücke eine Wasserbomben-Bastion eingerichtet.“

Simon pflückt sich einen bunten Gummifetzen von der Schulter. Erst jetzt sehe ich, dass auch er klitschnass ist. Im Gegensatz zu mir aber bei klarem Verstand.
„Wir brauchen einen Plan B“, murmelt er. „Daran kommen wir zurzeit nicht vorbei.“
„Der Angriff kann doch eigentlich nur bedeuten, dass sich die Dose da in der Nähe befindet“, überlege ich.
„Meinst du?“ Simon wirft mir einen zweifelnden Blick zu.
„Klar, warum sonst sollten sie da herumlungern und uns in die Flucht schlagen wollen?“
„Weil wir Sommerferien haben und weil sie uns nicht leiden können“, sagt Simon trocken.
„Ja, auch. Aber glaub mir, die Dose ist dort. Das sagt mir mein Gefühl.“

„Aha, der Max hat schon wieder die Lösung!“
„Sie muss in der Nähe der Brücke sein!“, rede ich unbeirrt weiter. „Das Lösungswort ist Biber. Biber hat mit Wasser zu tun. Und mit Bauten. Das klingt doch verflixt nach Brücke!“
„Vielleicht ist der Cache im Geländer versenkt“, sagt Simon. „Oder er steckt dort irgendwo anders.“
Bei Simons Worten kommt mir plötzlich eine Idee. „Er ist bestimmt darunter. Wetten?“, stoße ich aufgeregt hervor.
„Von mir aus. Die Wette gilt. Und der Verlierer muss Anna einen Schoko-Ananas-Becher ausgeben.“ Simon grinst siegessicher.
„Schon klar. Dann verliere ich doppelt im Vergleich zu dir!“ Mich schüttelt es allein bei dem Gedanken.
„Ich dachte, du bist dir sicher?“, sagt Simon spöttisch.

Samstag, 15:35 Uhr

Manchmal ist es einfach grausam, eine Mutter zu haben, die so tickt wie meine. Vor lauter Wut renne ich den ganzen Weg zurück in die Pension! Als ich bei Mama ankomme, bin ich völlig außer Puste und noch immer wütend.

„Wieso muss ich unbedingt jetzt kommen?“, fahre ich sie an.

„Meinst du, ich will den ganzen Tag hier allein rumsitzen?“, sagt sie ohne die Spur eines schlechten Gewissens. „Ich dachte, eine kleine Wanderung tut uns gut.“

„Uns?!“

Jetzt bin ich richtig sauer. Wanderungen allein mit Mama sind ungefähr so spannend für mich wie ein abgenagter Knochen für Dame. Mürrisch steige ich in die Wanderstiefel und schleiche hinter Mama nach draußen. Leider muss sie erst mal ganz dringend ein Kreuzverhör eröffnen: „Wo warst du eigentlich so lange? Wer sind diese Jungen? Was habt ihr gemacht?“

Ich versuche den alten Trick: genau so ausführlich antworten, dass sie nicht sauer wird, und genau so knapp, dass sie nicht alles erfährt. Der Trick funktioniert. Nach kurzer Zeit lässt sie mich in Ruhe.
Während wir den Höhenweg hinaufstapfen, muss ich die ganze Zeit an Max und Simon denken. Wo die jetzt wohl sind? Auf dem Friedhof? Ob die Sherlock-Cacher noch mal einen Auftritt hatten? Ob sie den Cache vielleicht schon gefunden haben? Wenn ich mir vorstelle, dass die beiden vielleicht gerade jetzt meine Hilfe brauchen …
Ich reiße mich zusammen und setze weiter einen Fuß vor den anderen. Mama plappert irgendetwas von schönem Blick und herrlicher Bergwelt. Ihre Worte rauschen an mir vorbei. Bis plötzlich ein Name zu mir durchdringt: Johnny.
„… und kommt vielleicht mal hier vorbei."

„Wie bitte?", frage ich entgeistert und hoffe inständig, mich verhört zu haben.
„Johnny hat geschäftlich in Süddeutschland zu tun und kommt vielleicht mal hier vorbei", wiederholt Mama unbeirrt.
Ich stöhne laut. Das darf ja wohl nicht wahr sein! Wieso muss der denn hier aufkreuzen!?
Na ja, von mir aus kann er dann mit Mama ihre wunderbaren Bergwanderungen unternehmen. Und ich …
Moment mal. Klar, das ist es: Und ich kann nach Herzenslust geocachen!
Plötzlich habe ich gar nichts mehr dagegen, dass Johnny kommt.
„Wann …", vor Aufregung muss ich mich räuspern, „wann will er denn hier sein?"
„Ist noch nicht sicher", sagt Mama. „Er meldet sich."
Dabei lächelt sie mir zu. Irgendwie unsicher. Und dankbar. Vermutlich hat sie mit einer schlimmeren Reaktion gerechnet.
Voller Vorfreude auf diese ungeahnten Freiheiten lasse ich meinen Blick zum ersten Mal an diesem Tag durch die schöne Landschaft schweifen. Weiter unten im Tal ist ein Bach, der sich wie eine Schlange durch die Wiesen windet.
„Weißt du, dass man das ‚mäandern' nennt, wenn ein Bach sich so schlängelt?", fragt Mama, die meinem Blick gefolgt ist und wie immer etwas für meine Bildung tun will.
Während ich mit höflichem Interesse auf den mäandernden Bach hinunterschaue, sehe ich plötzlich etwas ganz anderes: In der Nähe des Baches laufen total hektisch irgendwelche Leute herum. Ist da was passiert? Ich kneife die Augen zusammen, um besser sehen zu können.
„Willst du hier festwachsen?", fragt Mama ungeduldig. „Komm, wir gehen weiter!"
In diesem Moment macht es „Klick" in meinem Kopf. Also echt, manchmal habe ich wirklich eine lange Leitung! Aber jetzt wird mir klar: Der Bach da unten ist die Mornach. Und die hektischen Menschen könnten Max und Simon sein. Oder die Sherlock-Cacher!
Im Weitergehen versuche ich unauffällig ins Tal zu spähen, ohne über einen der Steine zu stolpern, die hinterhältig mitten auf dem Weg lauern. Plötzlich sehe ich etwas. Eine Brücke! Die über die mäandernde

Mornach führt. Mein Herz schaltet noch eine Stufe höher. Vielleicht hat diese Brücke etwas mit dem Cache zu tun!

Und dann macht Mama endlich kehrt.

Den Rest der Wanderung legen wir ohne viele Worte zurück. Als wir schon fast wieder an unserer Pension angekommen sind, klingelt Mamas Handy. Bestimmt Johnny! Vielleicht kündigt der Gute sein Erscheinen schon für morgen an.

Mama schaut wie immer erst erschrocken – und dann irgendwie verwirrt. „Wie bitte? – Ja, einen Moment."

Dann reicht sie das Handy an mich weiter.

„Sorry", flüstert Max am anderen Ende der Leitung, „kannst du mal einfach nur zuhören?"

„Klar", antworte ich, obwohl ich nicht checke, wie er das meint.

„Ich erzähl dir was und du antwortest nur mit Ja oder Nein, okay?"

„Ja", sage ich brav.

„Wir sind ganz nah am Ziel."

„Ja", sage ich und linse zu Mama.

„Aber die Sherlock-Cacher lassen sich nicht vertreiben. Deshalb wollen wir hier weitermachen, wenn es dunkel ist. Meinst du, du kannst dich noch mal loseisen?"

„Ja", antworte ich zum dritten Mal, obwohl ich keine Ahnung habe, wie ich das mit dem Loseisen machen soll.

Max spricht jetzt so leise, dass ich ihn nur noch mit Mühe verstehen kann.

„22 Uhr, Eingang zum Friedhof!"

Das ist das Letzte, was ich von ihm höre, dann legt er auf.

So selbstverständlich wie möglich reiche ich Mama ihr Handy zurück.

„Hast du jetzt einen Verehrer?", fragt sie grinsend.

Normalerweise würde ich ihr auf so eine doofe Bemerkung eine passende Antwort geben, aber heute will ich den Frieden zwischen uns durch nichts auf der Welt mehr gefährden.

22 Uhr, Eingang zum Friedhof! Das ist es, was jetzt zählt.

Samstag, 20:00 Uhr

„Viel Spaß und bleibt nicht so lange wach, hörst du!", sagt meine Mutter, als ich mich abends von ihr verabschiede, und packt mir noch zwei Äpfel, eine Packung Müsliriegel, Cracker, Salzstangen und drei kleine Flaschen Apfelschorle in meinen Rucksack. Dass sich eine Taschenlampe und meine Geocaching-Grund-Ausrüstung darin befinden, hat sie nicht weiter gewundert. Wir gehen ja schließlich zelten und für so ein Abenteuer muss man ausgestattet sein. Auch wenn es in Simons Garten und damit nur fünf Meter von elektrischem Licht und einem anständigen Klo entfernt ist.

„Bis morgen", sage ich zu ihr und versuche, unter ihrem ausgestreckten Arm durchzutauchen.

Simons Eltern sind Gott sei Dank mit den Zwillingen beschäftigt. Also freie Bahn für uns!

Mit meinem neuen Wurfzelt geht das Aufbauen ruck, zuck. Danach müssen wir allerdings noch ziemlich lange warten, bis die Sonne untergeht und Simons Mutter nach vier Kontrollbesuchen im Garten endlich Ruhe gibt.

Als wir zum Bachufer aufbrechen, ist es fast 22 Uhr. Und es ist verdammt finster. Der Neumond und die Bäume haben sich gegen uns verbündet. Der Weg ist nahezu unsichtbar.

„Was tust du da eigentlich?", fauche ich Simon an, der wie ein Wahnsinniger in seinem Rucksack kramt. Meine Stimme hallt lauter als gedacht und ich erschrecke vor mir selbst.

„Ich hab das hier gesucht", antwortet Simon, und plötzlich tanzen Sterne vor meinen Augen. Ein grelles weißes Licht hat mich dermaßen geblendet, dass ich sekundenlang nichts mehr sehen kann – außer Sternen eben. Und genau jetzt knackt ein Ast. Direkt hinter mir …

Bevor ich es verhindern kann, entfährt mir ein lauter Schrei!

Plötzlich höre ich schallendes Gelächter. Ich versuche zu blinzeln, und sehe zwei Personen, die sich vor Lachen krümmen: Simon mit seiner Stirnlampe und neben ihm Anna.

„Hey, Naturfreak, wohl etwas schreckhaft heute?", johlt Simon.

„Haha, sehr witzig!" Ich bin heilfroh, dass man das Glühen auf meinen Wangen in der Dunkelheit nicht erkennen kann.
„Hi", sagt Anna.
„Hi", antworte ich kurz angebunden, weil ich mir selbst so peinlich bin.
„Los, kommt jetzt, und seid leise!"
„Unser Angsthase glaubt, der Cache sei unter der Brücke", quatscht Simon in Annas Richtung. „Wollen doch mal sehen, ob er recht hat."
„Ich könnte mir das gut vorstellen", sagt Anna. „Ich musste heute mit meiner Mutter so einen blöden Höhenweg hochlatschen und dabei habe ich die Brücke auch gesehen."
„Hauptsache, ihr zwei seid euch einig!", brummt Simon.
„Da drüben ist sie", sagt er dann und deutet runter zum Bach. Er hat sein GPS aktiviert und hält es am weit ausgestreckten Arm in den Lichtkegel seiner Stirnlampe: 15 Meter Entfernung. Das Ziel ist also direkt vor unserer Nase. Und niemand außer uns scheint hier zu sein!
Simon stapft über die Brücke aus rotem Backstein und wir trotten hinterher. So schnell es geht, legen wir los, klopfen jeden Stein ab, suchen hinter Grasbüscheln und zwischen jeder Ritze.
„Ist das immer so?", fragt Anna. „Diese Sucherei beim Geocaching?"
Vor lauter Aufregung habe ich total vergessen, dass sie ja noch gar keine Ahnung von dem Ganzen hat.
„Mit dem GPS in die Nähe des Ziels zu kommen, ist meist der einfachste Teil beim Cachen", erkläre ich ihr. „Die Suche ist das eigentlich Spannende. Und die kann halt dauern."
„Mir wird das aber auch langsam zu blöd", tönt jetzt Simon. „Am Ende hast du recht und das Ding ist wirklich da unten versteckt."
„Na, dann raus aus den Schuhen!", kommandiert Anna und wir folgen ihr brav.
„Wir lassen besser alles am oberen Uferrand stehen", sage ich zu den beiden. „Mir ist schon einmal ein Schuh weggeschwommen. Das brauch ich nicht noch mal."
Das Wasser sieht schwarz aus und ist eiskalt. Man kann hören, wie jeder von uns tief einatmet, als er seine Füße eintaucht. Von Anna kommt ein kleiner Quietscher.
Als wir unter dem Brückengemäuer stehen, lassen wir alle drei unsere Lichter kreisen: Anna und ich die Taschenlampen, die allerdings

beide ziemlich schwach auf der Brust sind, und Simon seinen Kopf mit der Stirnlampe. Der Lichtkegel meines Freundes ist mit Abstand der hellste. Er streift die roten Steine, die hier unten von Spinnenweben überzogen sind. Wäre gut zu wissen, wo die Viecher gerade stecken. Ich mache mir eine Notiz in meinem Kopf: Hierher muss ich noch mal mit meiner Becherlupe!

„Nichts!“, sagt Simon.

„Was genau suchen wir eigentlich?“, fragt Anna. „Eine Filmdose?“

„Weiß man vorher nie so genau. Laut Beschreibung könnte es ein Petling sein“, gebe ich zurück.

„Ein was?“

„Ein Petling. Du kennst doch PET-Flaschen. Für Cola zum Beispiel. Mehrwegflaschen. Gibt man zurück und kriegt Pfand dafür. Ein Petling ist der Rohling für so eine Flasche. Der Flaschenhals ist schon fertig und lässt sich wasserdicht verschließen. Das Plastik hat aber noch die Form eines Röhrchens. Durch den Verschluss und die Größe ist diese Art der ‚Dose' bei Cachern sehr beliebt."
„Ja, Herr Lehrer, wir haben es kapiert", brummelt Simon. „Gib deine Nachhilfe lieber, wenn uns nicht gerade die Füße abfrieren!"
Da hat er natürlich recht.
Leider haben wir noch immer keine Spur vom Cache. Inzwischen habe ich alle Metallverstrebungen nach magnetischen Objekten abgesucht, aber nichts gefunden.
„Es ist einfach zu dunkel. Lasst uns gehen, wir kommen morgen bei Tageslicht wieder", gebe ich mich enttäuscht geschlagen.
„Au, verdammt!", schreit Anna in diesem Moment.
„Was ist passiert?", fragen Simon und ich gleichzeitig.
„Die blöden Äste haben mir das ganze Bein zerkratzt", jammert sie.
„Welche Äste?"
„Na, der Berg Treibholz hier am Ufer. Ich bin da volle Kanne reingelaufen." Sie zeigt nach vorne.
„Wartet mal! Äste, Wasser, Brücke, Biber ... Das ist es!", rufe ich. Mein Herz fängt an zu rasen. Ein gutes Zeichen. Immer wenn wir einem Schatz ganz nahe sind, schlägt es zehnmal schneller als zuvor.
„Simon, leuchte mal direkt auf den Haufen!", kommandiere ich knapp.
„Da ist nichts! Nur Hölzer, Gras vom Ufer und ein alter Turnschuh", meldet er zurück. „Sieht übrigens aus wie deiner!", fügt er kichernd hinzu.
Langsam gleitet das Licht seiner Lampe über den kleinen Haufen. Anna stochert vorsichtig darin herum.
„Da ... da ist doch was!", ruft sie plötzlich. „Ein Biber!"
Annas Hand zuckt zurück und das Licht kreist wie wild hin und her. Ich höre hektisches Wassertreten, sehe aber rein gar nichts mehr.
„Reißt euch zusammen!", rufe ich, während mir selbst die Stimme zittert. „Ein echter Biber wäre doch längst weg."
Mein Einwand scheint sie zu überzeugen. Die beiden nehmen sich noch einmal die Stelle vor. Anna schiebt das Holz beiseite und befreit –

einen Plastikbiber! Sie hebt ihn hoch, und in dem Moment sehen wir es: Unter seinem Bauch hängt ein Petling!

„So ist mir der Biber doch sehr viel lieber", reimt Simon zufrieden los.

„Wow!", ruft Anna und stößt mich vor lauter Freude in die Seite.

„Kannst du ihn mit ans Ufer nehmen?", frage ich sie.

„Nein, sie haben ihn am Schwanz festgemacht. Da ist eine Schnur im Wasser – er scheint irgendwo angeleint zu sein, damit er nicht abhauen kann."

„Dann schraub ihn vorsichtig auf. Warte, ich mache Licht." Simon neigt seinen Kopf nach unten und leuchtet auf den Biber. Natürlich könnte ich ihm sagen, dass er die Lampe einfach abziehen und mit den Händen halten soll. Aber den Anblick des Bücklings, den er vor Anna macht, möchte ich noch ein paar Sekunden genießen.

Vorsichtig fischt sie etwas Längliches aus dem Röhrchen. Sieht aus wie ein laminierter Zettel. Ich kann eine Kombination aus Zahlen und Buchstaben erkennen. So schnell ich kann, fummele ich mein Handy aus der Hosentasche und mache ein Foto.

Zufrieden starren wir den Biber an. Wir haben es geschafft!

Bis hierher zumindest.

Doch plötzlich sind genau über uns Stimmen zu hören.

Samstag, 23:00 Uhr

Ich fahre zusammen.
Im nächsten Moment höre ich Max flüstern: „Oh nein!"
Und im übernächsten höre ich eine Frauenstimme: „Du, Moni, jetzt muss ich schleunigst heim. Die Buben zelten im Garten. Du weißt ja, wie das ist. Lieber einen Blick mehr riskieren."
Dann werden die Stimmen schwächer.
Und schon wieder findet unser Abenteuer ein jähes Ende!
„Wir müssen so schnell wie möglich nach Hause!", stößt Simon hervor. „Ich kenne meine Mutter. Die macht einen Riesenaufstand, wenn wir nicht im Zelt sind."
„Versteck den Cache, so gut du kannst!", kommandiert Max in meine Richtung.
Ich gebe mein Bestes, stopfe das Plastiktier unter das Holzgestrüpp und hoffe, dass ich dabei keinen Fehler mache.
„Morgen Vormittag, zehn Uhr, bleibt's dabei?", fragt mich Max, während wir alle drei hektisch unsere Schuhe suchen. „Wenn wir früher am PC sitzen, machen wir uns für unsere Eltern verdächtig."
„Okay!", flüstere ich, schnappe mir meine Schuhe, auf die Simon in diesem Moment die Lampe richtet, zwänge meine nassen Füßen hinein und arbeite mich dann mit den beiden Jungs durch die Sträucher am Uferrand. Schon wenige Meter vom Bach entfernt können wir genügend sehen, um uns zu orientieren.
Plötzlich wird mir klar, dass ich keine Ahnung habe, wie spät es ist. Vielleicht war Simons Mutter meine Rettung! Als Mama mir heute beim Abendessen erzählte, dass sie mit Frau Köhler in die Dorfwirtschaft gehen will, war ich einfach nur froh. Als sie sagte, dass es später werden kann, hätte ich am liebsten einen doppelten Salto geschlagen. Aber jetzt habe ich plötzlich kein Gefühl mehr dafür, wie viel Zeit bei der Cache-Suche vergangen ist. Ich muss unbedingt vor Mama zu Hause sein und darf auf keinen Fall mit ihr zusammentreffen!
„Gibt es einen Weg zu meiner Pension, der nicht an der Dorfwirtschaft vorbeiführt?", frage ich.

„Bieg hier links ab und nimm den Fußweg den Berg hoch!", sagt Max knapp.
„Schnell jetzt!" Ich höre die Panik in Simons Stimme.
„Mach's gut!", rufen die beiden noch, dann rennen sie in die andere Richtung.
Und plötzlich stehe ich da – allein in einem fremden Dorf. Nachts! Zitternd gehe ich los. Links ab? Wie hat Max das gemeint? Hier gibt es zwei Wege, die nach links führen. Egal, ich muss es versuchen –

und entscheide mich für die schmale Gasse. Mit jedem Schritt wird mir unheimlicher zumute. Ausgerechnet hier scheinen alle schon zu schlafen. Aus keinem einzigen Fenster dringt der typische blaue Lichtschein nächtlicher Fernsehgucker. Es ist so stockfinster, dass ich meine Schritte ganz vorsichtig setzen muss. Auf einmal trifft mein Fuß auf einen Widerstand. Oh nein, ich stehe vor einem Gartentürchen – das war wohl doch der falsche Weg! Ich unterdrücke den Drang, ganz einfach loszuheulen, und taste mich Schritt für Schritt wieder zurück zu der Stelle, an der ich abgebogen bin.

Endlich! Der zweite Weg muss jetzt die richtige Variante sein. Und in der Tat, kurz darauf biegt ein kleines Sträßchen nach oben ab.
Je weiter ich gehe, umso größer wird meine Angst. Was erwartet mich, wenn Mama tatsächlich schon zu Hause ist?

Während ich schwer schnaufend um die Ecke biege, sehe ich, dass in unserem Zimmer Licht brennt. Das ist wirklich der Super-GAU! Wie eine Irre jage ich die Treppe hoch, reiße die Tür auf und stürze ins Zimmer.
Den Blick, den Mama auf mich richtet, werde ich bestimmt nie vergessen. Offensichtlich ist sie so erleichtert, dass sie kein böses Wort über die Lippen bringt. Sie sieht mich einfach nur an.
„Mama ...“, beginne ich stockend. „Mir war so unheimlich ...“
„Wo warst du denn?“, fragt Mama. „Du bist ja ganz verkratzt.“
„Ich hab im Dunkeln ein paar Sträucher übersehen“, antworte ich wahrheitsgemäß.
„Also, dass du mich nicht gefunden hast!“, wundert sich Mama kopfschüttelnd. „Es tut mir so leid, dass du Angst hattest!“
Oh nein – sie glaubt, ich wollte sie aus der Dorfwirtschaft abholen.
Und jetzt fühlt sie sich auch noch schuldig!
Ich murmele etwas von „furchtbar müde“, verschwinde ganz schnell im Bad und schlüpfe in meinen Schlafanzug. Die klammen Sachen hänge ich über die Heizung. Dann gehe ich wieder raus zu Mama ins Zimmer, kuschele mich ins Bett und flüstere: „Gute Nacht.“ Und weil ich auf keinen Fall weitere Fragen beantworten will, tue ich so, als schlafe ich auf der Stelle ein. In Wirklichkeit fahren die Gedanken in meinem Hirn Achterbahn. Und das schlechte Gewissen fährt mit.

Samstag, 23:15 Uhr

„Aaaahhhhh, ein Toter!“, brüllt Simon aus vollem Hals. „Raus hier!“
Der Schein seiner Stirnlampe zuckt durch das Zelt.
Gerade erst waren wir froh, dass seine Mutter noch unterwegs ist und wir nicht aufgeflogen sind – und jetzt ist Simon vor mir ins Zelt gekrabbelt und schreit wie ein Bekloppter.
„Simon!“ Mit beiden Händen versuche ich, meinen Kumpel an der Schulter zu packen. Da sehe ich aus dem Augenwinkel eine grauenvolle Fratze, die mit riesigen Augen aus Simons Schlafsack stiert. Gleichzeitig steigt mir ein übler Geruch in die Nase. Simon muss recht haben: In unserem Zelt liegt eine Leiche! Mir wird übel. Ich taumele zurück und stolpere dabei über meine eigenen Füße. Hart schlage ich auf dem Boden auf, und alles wird schwarz.
Benommen bleibe ich auf dem Rasen liegen. Ich habe das Gefühl, dass mein Gehirn aus Algen und nicht aus Hirnmasse besteht. Meine Synapsen spielen verrückt und pumpen literweise Adrenalin durch meine Adern. Aufstehen kann ich trotzdem nicht und meine Augen lasse ich einfach zu. Nichts sehen, nichts riechen, nicht noch mehr erschrecken.
„Alter Falter“, schnauft Simon plötzlich. „Mach die Augen auf, Naturfreak!“ Er klopft auf meine Schulter. „Wo kommt das Ding denn her?“
Mit seinem Sportschuh kickt er einen schlappen Fußball unter die Hecke. Es ist der Ball, den Ferien im letzten Herbst zerbissen hat. An Halloween hatten wir eine gruselige Grimasse auf die platte Hülle gepinselt. Leere Augenhöhlen, faule Zähne und ein fieses Grinsen. Und genau diese Fratze rollt jetzt über den Rasen wie ein abgehackter Kopf.
„Aber der Gestank …“, setze ich nach. „Bist du sicher, dass da kein Toter drin ist?“
Als Simon schweigt, wird mir alles klar.
„Igitt!“, fahre ich ihn an. „Du hast vor Angst in unser Zelt gefurzt wie der Teufel höchstpersönlich. Das ist echt widerlich!“
„Brauchst dich gar nicht so künstlich aufzuregen. Du hättest dir selbst fast in die Hosen gemacht.“
„Was ist denn mit euch los? War es im Zelt zu heiß?“

Feldmohns Garten ist plötzlich beleuchtet wie das Oktoberfest. Es fehlt nur noch, dass Simons Eltern einen riesigen Bierkrug in den Händen halten, während sie uns genüsslich beobachten. Gut gelaunt genug dafür scheinen sie jedenfalls zu sein. Mit breitem Grinsen wünschen sie uns eine gute Nacht und verschwinden wieder im Haus.
„Hey", sage ich, „deine Eltern haben uns voll veräppelt."
„Ach, sag bloß!", zischt Simon.
An Schlaf ist jetzt nicht mehr zu denken.

Sonntag, 9:50 Uhr

Am nächsten Morgen erwache ich nach einer traumlosen Nacht wunderbar ausgeschlafen. Als ich mich zur Seite drehe, sehe ich, dass auch Mama noch im Bett liegt.
„Bist du wach?“, flüstert sie, und ich befürchte, dass jetzt das Kreuzverhör beginnt.
„Stell dir vor, was ich gestern in der Wirtschaft erfahren habe“, erzählt sie stattdessen. „Die haben hier ein Riesenproblem mit dem Tierheim!“
Weiß ich schon, würde ich am liebsten sagen, höre aber weiter schweigend zu. Man kann nie wissen.
„Ein paar von den Einheimischen haben lautstark gegrölt, dass ein Abriss das Beste wäre“, sagt Mama empört. „Die wollen da bestimmt was draufbauen, was dicke Kohle bringt, anstatt Geld zu kosten.“
Das ist ja wieder ganz Mamas Thema: Kampf gegen die Profitgier!
„Wir sind zwar nur Urlauber hier, aber so etwas kann man doch nicht zulassen!“ Mama schaut mich erwartungsvoll an.
Am liebsten würde ich ihr alles erzählen. Dann bräuchte ich keine Geheimnisse mehr vor ihr zu haben und könnte ganz offen mit Max und Simon geocachen. Vielleicht würde sie uns sogar unterstützen, weil wir für eine gute Sache kämpfen. Aber bei Mama weiß man nie. Wenn sie der Angelegenheit nicht traut oder wenn sie es für gefährlich hält, dass ich mit zwei fremden Jungs abenteuerliche Dinge unternehme ...
Ich beschließe, den Mund zu halten. Auf keinen Fall will ich meinen Zehn-Uhr-Termin gefährden. Ob die wohl mit der Code-Eingabe auf mich warten? Vielleicht kann ich Max und Simon nachher auch fragen, was sie davon halten, wenn ich meine Mutter einweihe. Auf jeden Fall muss ich ihnen das mit den Abriss-Plänen erzählen.
In diesem Moment fällt mein Blick auf Mamas Digitalwecker. Oh nein, das gibt’s doch nicht!

Sonntag, 10:05 Uhr

Völlig zerschlagen hocken wir am nächsten Morgen am Schreibtisch und warten auf Anna.

Simon klopft an die Scheibe des Aquariums, aber die Fische schwimmen gelangweilt vorbei und gönnen ihm noch nicht einmal ein Blubb. Er weiß, dass er nicht klopfen soll. Sie wissen, dass er es trotzdem macht.

Auf dem Kakao, den meine Mutter uns gekocht hat, bildet sich bereits eine Haut.

Langsam könnte Anna echt mal kommen!

„Los, wir fangen an!“, kommandiert Simon schlecht gelaunt. „Was sollen wir auf ein Mädchen warten? Wahrscheinlich hat sie sich gestern Nacht verlaufen.“

„Okay“, gebe ich ihm recht. „Seit einer Stunde könnten wir schon eingeben!“

„Hast du den Code?“

Ich bin so müde, dass Simon mich sogar daran erinnern muss. Mühsam fummele ich das Handy aus meiner Tasche. Bevor ich das Foto der letzten Nacht öffne, checke ich noch schnell, ob Anna vielleicht eine Nachricht geschickt hat. Nichts.

„Hier“, sage ich und drücke Simon das Handy in die Hand. Dann gebe ich www.cache-kids.de in die Browserleiste ein.

Schon erscheint die Seite und fordert uns auf, unseren Teamnamen und den Code einzugeben.

Vorsichtig tippe ich die Zahlen-Buchstaben-Kombination ein und fahre mit der Maus auf das Bestätigen-Feld.

„Hey, Jungs! Na, wie läuft's?“, ertönt plötzlich eine Stimme von hinten und die Tür wird mit Schwung aufgerissen. Vor lauter Schreck klicke ich daneben und eine Fehlermeldung erscheint.

„Nicht gut offenbar. Na, jetzt bin ich ja da“, sagt Anna und lächelt breit.

„Hast du sie noch alle?!“, fahre ich sie an. „Erst kommst du zu spät, und jetzt platzt du herein, als wärst du Superwoman?“

„Nun mach mal halblang! Es ist sieben nach zehn …“

„Und wenn schon“, unterbreche ich sie. „Du bist trotzdem zu spät!“

Als ich ihr bedröppeltes Gesicht sehe, sage ich etwas versöhnlicher: „Wir wollten gerade den Code eingeben."
Ich tippe die Kombination noch mal in das Feld und bestätige.
„Bingo!", ruft Simon, als sich eine neue Seite öffnet.

Cache-Kids

GRATULATION! Ihr habt die erste Station erfolgreich gefunden. Es waren bisher bereits

7 Geocacher-Teams

schneller als ihr. Aber keine Sorge, noch ist alles offen. Löst folgende Rätsel und begebt euch wieder auf Schatzsuche. Viel Spaß und Erfolg!

„Sieben!" Entsetzt schaue ich Simon und Anna an.
„Wo kommen die denn alle her?", fragt Anna.
„Wo sollen die schon herkommen?", antwortet Simon gereizt. „Meinst du, wir sind die Einzigen aus der Gegend, die die Ausschreibung gelesen haben? War doch klar, dass da viele Cacher unterwegs sind."
„Und warum haben wir die alle nicht gesehen?", fragt Anna weiter.
„Weil das zum Spiel gehört", erkläre ich. „Wegen der Muggel. Wer mit Geocaching nichts am Hut hat, darf von den Verstecken nichts erfahren. Sie dürfen auf keinen Fall zerstört und weggeworfen werden."
„Das holen wir nie ein", murmelt Simon.
„Müssen wir aber!" sagt Anna mit Nachdruck.
„Ach, Anna, mal im Ernst", versuche ich sie auf den Boden der Tatsachen zu holen, „sieben Teams sind jetzt schon schneller. Dazu kommt, dass wir nicht ständig einfach so losrennen können. Unsere Eltern sind, vorsichtig ausgedrückt, wenig begeistert von unseren Geocaching-Aktivitäten."
Anna sieht mich verständnislos an.

„Er hat das letzte Schuljahr ziemlich verbockt", erkäre ich ihr mit einem Seitenblick auf Simon, „und ich … ich hab mal Mist gebaut. Tja, und da sind seine und meine Eltern auf die glorreiche Idee gekommen, dass wir das Geocaching einschränken sollten. Weil es uns von den wichtigen Dingen abhält."
„Wir müssen es aber schaffen!" Unbeirrt bleibt sie dabei. Sie scheint es wirklich ernst zu meinen.
„Warum eigentlich?", frage ich und warte gespannt.
„Das Tierheim wird vielleicht abgerissen!", sagt sie. „Hab ich gerade von meiner Mutter erfahren. Deshalb bin ich ja auch zu spät gekommen. Weil die mir unbedingt noch erzählen wollte, was sie gestern Abend in der Wirtschaft gehört hat."
„Oh Mann …", sagt Simon und sieht sie überrascht an.
„Und genau deshalb müssen wir Gas geben!", poltert Anna weiter. „Das war die erste Station. Wir haben noch drei weitere Chancen – und sieben Teams zu schlagen ist machbar!"
Ihre Augen leuchten und ihre Wangen sind ganz rot vor Aufregung.
„Das mag ja sein", sagt Simon nach einer kurzen Pause. „Aber dann erzählt mir mal, wie wir das hinkriegen sollen!"
Mit ausgestrecktem Arm zeigt er auf die neuen Aufgaben.

Sonntag, 10:20 Uhr

Wie gebannt starre ich mit den beiden Jungs auf den Bildschirm.

Cache-Kids

Diesmal musst du gleich dreimal ran, ehe du die fehlenden Koordinaten eingeben kannst. Pass gut auf:

Das 1. Rätsel

8	I	N	W	N	S	E	S	.	G	E	E	C	I	-	O
U	E	E	A	A	G	I	S	V	E	P	M	H	H	W	C
N	R	N	L	B	I	N	E	E	S	F	1	A	R	A	H
G	W	D	D	E	B	E	R	R	C	T	A	F	D	E	G
!	O	I	11	R	T	W	W	D	H	?	M	F	A	R	E
H	H	E	E	E	K	A	8	8	O	G	S	T	S	D	L

Die Ziffer, die nun folgt, steht für a.

Das 2. Rätsel
Ein Rätsel – mehr als 100 Jahre alt

Du brauchst
3 Gefäße

Ein leeres Gefäß, das 3 Liter fasst

Ein leeres Gefäß, das 5 Liter fasst

Ein riesiges Gefäß voller Wasser

Aufgabe:
Nur durch Schütten kannst du exakt 4 Liter abmessen. Wie viele Liter müssen dazu aus dem riesigen Gefäß entnommen werden. Die Lösung steht für bc.

Cache-Kids

Das 3. Rätsel

Pflanze Bett Schnecke Dampf Mann Floh Büffel Ski Bombe

Wie viele Buchstaben hat die Gemeinsamkeit? Setze die Lösung für d und f ein; e findest du, wenn du d oder f von a abziehst. Na, alles richtig? Alles gepeilt? Dann viel Spaß bei der Suche und nicht vergessen, es könnte die nächsten Tage 30° heiß werden. Also ruhig einen Liter Wasser mehr mit auf die Suche nehmen!

Tja, das war's dann wohl. Drei Rätsel – und ich versteh kein einziges davon. Unsicher blicke ich auf Max und Simon. Leider machen auch sie lange Gesichter.

„Sag ich doch", meint Simon, „wir haben keine Chance."

„Sieben Cacher schneller", sagt Max, „und drei unlösbare Rätsel. Na super!"

„Vielleicht sollten wir uns aufteilen?", schlage ich vor und greife vorsichtig nach der vollen Tasse Kakao, die noch auf dem Tablett steht.

„Bestandsaufnahme: Sie trinkt wie 'ne Dame", reimt Simon überaus witzig vor sich hin und schaut dabei schief grinsend auf meine Hand. Ich weiß auch, wieso. Beim Trinken spreize ich den kleinen Finger ab. Bin deswegen schon öfter veräppelt worden.

Während ich noch nach einer passenden Antwort suche und Max irgendetwas von „Bestandsaufnahme: die totale Pleite!" murmelt, klingt in meinen Ohren Simons Reim nach. Und plötzlich rattert es in meinem Hirn: Dame – Opas Hund – Opa.

Dass ich da nicht gleich dran gedacht habe!
„Hosenmatz, du bist ein Schatz!", rufe ich, strahle Simon an und genieße seinen verblüfften Blick. „Dein dämlicher Reim hat mich auf Opas Hund gebracht."
„Und der soll jetzt aus der Ferne die Rätsel lösen?" Simon starrt mich verständnislos an.
„Ach was!", sage ich. „Mein Opa natürlich. Der ist doch so ein guter Tüftler. Und ich hatte ihn ganz vergessen ..." Jetzt komme ich mir plötzlich vor wie eine super-treulose Tomate.
Die beiden Jungs schauen mich erwartungsvoll an.
„Telepathie kann ich nicht", sage ich bedauernd. „Ich bräuchte ein Telefon."
„Uuups!" Max schießt von seinem Stuhl auf, poltert die Treppe hinunter und kommt kurz danach mit einem ziemlich altmodischen Gerät wieder zurück.
Ich verkneife mir eine spöttische Bemerkung und tippe Opas Nummer ein. Dann trommle ich mit der freien Hand auf Max' Schreibtischplatte.
„Pass auf, dass du die Fische nicht nervös machst! Das würde Max dir nie verzeihen", sagt Simon und grinst schon wieder.
Endlich knackst es in der Leitung und Opa meldet sich. Ich begrüße ihn eilig, erkläre ihm kurz, um was es geht, und lese ihm, so schnell ich kann, die Schütt-Aufgabe vor.
„Moment", sagt Opa, „ich brauche einen Stift."
Bis er alles notiert hat, muss ich die Aufgabe einige Male wiederholen. Dann verspricht er mir, sich zu melden, sobald er die Lösung gefunden hat.
„Halt!", rufe ich, ehe er auflegt. „Du weißt doch gar nicht, wo du anrufen sollst."
„Klar weiß ich die Nummer", kommt es von Opa aus dem Hörer, „steht doch im Display!"
Ich lege das Uralt-Telefon auf den Tisch und wende mich wieder meinen beiden Mitstreitern zu. Die haben sich gerade Rätsel Nummer 1 vorgenommen.
„8inwnses.geeci-o", liest Max.
„Ueeaagisvepmhhwc", buchstabiert Simon.

„Nrnlbineesfıarah“, stottere ich laut, und meine Zunge fühlt sich an, als habe ich sie verknotet.
„Was hast du da gerade gelesen?“, fragt Max. „Ein Sarah?“
Alle drei schauen wir noch einmal auf die Zeile, die ich gelesen habe. Dann schlägt sich Simon vor die Stirn.
„Vielleicht sind die Zahlen gar keine Zahlen“, sagt er. „Und …“
„… dann steht da ganz am Anfang von oben nach unten: Achtung!“, führt Max den Gedanken triumphierend zu Ende.
„Juchhu, wir haben a!“, rufe ich begeistert in die Runde.
Glücklich starren wir uns alle drei an.
„So, und jetzt weiter, jede Minute zählt!“, sagt Max.
„Vielleicht kriegen wir die Nummer drei raus, ehe dein Opa anruft“, erwacht jetzt auch Simons Ehrgeiz aufs Neue.
„Pflanze, Dampf, Bett, Floh, Büffel, Bombe, Mann, Ski, Schnecke“, lese ich wieder laut vor und hoffe, auch diesmal etwas zur Lösung beizutragen.
„A gibt's in drei Wörtern, B in drei, C in einem, D gar nicht, E kommt gleich sechsmal vor …“, stellt Simon fest, „was soll denn da eine Gemeinsamkeit sein?“
„Vielleicht die Anzahl der Buchstaben?“, überlege ich. „Oder die der Laute?“
Wir kommen nicht weiter.
„Was haben sieben so unzusammenhängende Wörter gemeinsam?“, fragt Max und stöhnt verzweifelt.
„Lebewesen“, sage ich. „Alle sind Lebewesen: Mann, Büffel, Schnecke, Floh, Pflanze …“
„Haha, von wegen“, sagt Simon, „Dampf, Bett, Ski, Bombe – total süße Lebewesen.“
Ich zucke verärgert zusammen.
„Bombe“, wiederholt Max und schielt zu Simon. „Das Wort verfolgt uns.“
In meinem Kopf setzt ein Rattern der unheimlichen Art ein: Wasserbombe, Wassermann, Wasser…
Noch einmal will ich mich nicht blamieren. Ich probiere die Kombination im Kopf mit allen Wörtern aus und – JA!
„Wasser!“, schreie ich triumphierend.

Sonntag, 11:20 Uhr

Das mit dem Wasser war eine wirklich gute Idee!
Jetzt wäre es natürlich schön, wenn Annas Opa uns bei der letzten Aufgabe helfen könnte. Aber bis der alte Herr in die Puschen kommt, können wir hier nicht tatenlos rumhocken.
„Los, wir gehen!“ sage ich deshalb und stehe auf.
„Wohin?“, fragt Anna.
„Wir haben doch noch gar keine Koordinaten, die wir eingeben können“, meint Simon.
„Mein Opa ruft bestimmt gleich an! Der kann das!“, versucht Anna mich zu stoppen. Nutzt ihr aber nichts.
Als der Drucker neben ihr kracht und rumpelt, zuckt sie vor Schreck zusammen.
„Die Koordinaten fliegen uns nicht zu. Also probieren wir das jetzt aus.“
Ich ziehe das Blatt mit den Rätseln aus dem Drucker und schalte den Bildschirmschoner ein. Die Geocaching-Webseite verschwindet hinter einer Pipistrellus kuhlii.
„Oh, ist die Fledermaus süß!“, quietscht Anna in mein Ohr.
Nach einer größeren Suchaktion habe ich im Keller einen 3-Liter-Eimer und im Geräteschuppen einen verbeulten 5-Liter-Kanister gefunden. Beide stehen nun auf dem Rasen und der Gartenschlauch schlängelt sich um sie wie eine schwarz-gelbe Anakonda.

„Und jetzt?“, fragt Anna.
„... stehen wir nicht dumm rum, sondern fangen an zu schütten.“
Ich drehe den Wasserhahn auf, aber noch bevor ich nach der Spritzdüse greifen kann, windet sich der Schlauch im Gras. Wie wild fetzt der Strahl hin und her. Entsetzt greife ich zu, aber da ist es schon zu spät: Unsere riesige Wohnzimmerscheibe ist über und über nassgespritzt! Meine Mutter hat erst vor wenigen Tagen sämtliche Fenster geputzt. Na toll, auf die Standpauke freue ich mich jetzt schon!
Während ich entsetzt mein Werk betrachte, liegen Simon und Anna vor Lachen im Gras.
„Eine Portion Humor gefällig? Bitte sehr!“ Grinsend drehe ich mich um und erwische mit meinem Wasserstrahl noch kurz die Wäscheleine, ehe ich eine großzügige Portion an die beiden verteile.
Die zweite Wasserschlacht in dieser Woche!
Dann fangen wir endlich an: Wir schütten. Den Eimer in den Kanister, den Kanister in den Eimer, den Eimer in die Blumenbeete ...
„Das stimmt doch vorne und hinten nicht“, sagt Anna. „Kann man das nicht irgendwie berechnen?“
Simon grinst. „Klar kann Mann“, sagt er. Aber eine Lösung fällt ihm trotzdem nicht ein.
„Super, du Held! Halt lieber mal den Kanister ruhig!“, motze ich ihn an, als die Hälfte des Wassers aus dem Eimer danebengeht.
„Macht ihn noch mal voll!“, mischt sich jetzt Anna wieder ein. „Hast du keinen Trichter?“
Trichter?
„Bin gleich wieder da!“, sage ich wenig begeistert und gehe ins Haus. Während ich nach dem blöden Teil suche, zermartere ich mir das Hirn, wie wir vorgehen könnten. Dabei vergesse ich die Schuhe auszuziehen. Das merke ich allerdings erst, als ich mit dem Trichter in der Hand meiner eigenen Dreckspur begegne. Super, erst die Scheibe, dann die Wäsche, jetzt der Boden! Am besten ziehe ich heute Nacht gleich wieder zu Simon ins Zelt.
Gerade als ich zurück nach draußen gehen will, klingelt das Telefon. Mist, das ist noch in meinem Zimmer! Ich nehme zwei Stufen auf einmal, reiße die Tür auf und stürze zum Schreibtisch.

„Für dich!", rufe ich Anna von der Terrassentür aus zu, nachdem ich die Treppe wieder heruntergerannt bin.

Wenn mich Mama auch noch mit dem Telefon im Garten erwischt, habe ich endgültig verloren. Also winke ich wie blöd mit unserem alten Telefonknochen.

Jetzt hat Anna es kapiert. Sie rennt zu mir her und zischt mir leise ins Ohr: „Ich glaub, Simon und ich waren ganz nah dran an der Lösung."

Dann schnappt sie sich das Telefon. „Hallo, Opa", sagt sie und dreht sich ein bisschen weg.

Ich gehe wieder zu Simon, der immer noch krampfhaft versucht, das Wasser von dem Eimer in den Kanister und wieder zurück zu kippen. Der Rasen um ihn herum hat sich zwischenzeitlich in die oberbayerische Seenplatte verwandelt und seine Sneaker stehen bis zum Knöchel im Matsch.

„Und?", frage ich.

„Wir waren ganz nah an der Lösung", sagt nun auch er und panscht entschlossen weiter.

„Stimmt!", kommt es in diesem Moment von Anna. Sie schießt an mir vorbei zu Simon und sieht ihn verschwörerisch an. „Wir waren wirklich auf dem richtigen Weg."

„Nun sag schon, mach es nicht so spannend!", fahre ich sie ungeduldig an.

„Man muss tatsächlich auch mal was ausschütten", sagt Anna. „Sonst kommt man nicht ans Ziel. Hat Opa bestätigt."

„Und wie soll das gehen?", frage ich.

Anna führt es vor: „Das 5-Liter-Gefäß mit Wasser füllen, 3 von den 5 Litern in das 3-Liter-Gefäß schütten. Bleiben 2 Liter im 5-Liter-Gefäß übrig. Und jetzt kommt's." An dieser Stelle macht sie eine bedeutungsvolle Pause. „Das 3-Liter-Gefäß ausleeren! Die 2 Liter aus dem 5-Liter-Gefäß in das 3-Liter-Gefäß füllen. Jetzt sind 2 Liter im 3-Liter-Gefäß. Das 5-Liter-Gefäß noch einmal füllen. Aus dem 5-Liter-Gefäß 1 Liter ins 3-Liter-Gefäß füllen, sodass es voll ist. Wie viele Liter sind in einem 5-Liter-Gefäß, aus dem man 1 Liter rausgeschüttet hat?"

Anna grinst uns siegessicher an. Und tatsächlich: Sie scheint jetzt 4 Liter im Kanister zu haben!

Ich bin beeindruckt, zeige es aber nicht, sondern linse auf den Zettel mit der Aufgabenstellung.
„Wie viele Liter sind aus dem riesigen Gefäß entnommen worden?“, frage ich.
„5 plus 5“, kommt es von Simon, und Anna nickt zustimmend.
Weil ich ihnen nicht ganz folgen kann, fasse ich unsere Ergebnisse zusammen: „Rätsel Nummer eins heißt: Achtung! Hier wohnen die Waldelfen, aber es gibt keine Wasserwacht. Verdacht geschoepft? Gemeinsam schafft ihr das – waer doch gel…. acht. a ist also gleich acht.“
Das frischgebackene Traumpaar nickt wieder.
„Die Lösung der blöden Schütterei ist 5 plus 5“, mache ich weiter und tue so, als sei mir die Simon-Anna-Harmonie total egal. „Für b und c setzen wir also 1 und 0 ein.“
„Und bei Rätsel drei ist das Wort ‚Wasser‘ die Gemeinsamkeit. ‚Wasser‘ hat sechs Buchstaben, also müssen wir für d und f sechs einsetzen und für e zwei“, vollendet Anna meine Zusammenfassung.
Wir grinsen alle drei und geben uns ein High Five. Dann kritzelt Simon mit dem Kugelschreiber die vollständigen Koordinaten auf den mittlerweile matschverschmierten Ausdruck.
„Jetzt sollten wir aber los, sonst halten die sieben Cacher ihren Vorsprung mit Leichtigkeit“, sagt Anna.
Da hat sie recht.
Umständlich krame ich das GPS aus meiner Hosentasche und fange an zu tippen. Auf dem Display erscheint eine blaue Fläche und mittendrin unsere Zielflagge.
„Es wird noch nasser, ein Cache im Wasser.“
Simons Reime sind grauenvoll, aber leider scheint er recht zu haben.

www.cache-kids.de/raetsel2

Willst du mehr wissen?

Scanne hier!

Nasser, Wasser! Vielleicht kommt mir jetzt auch noch ein Schimmer, ein blasser?
Du meine Güte, nun fange ich auch schon zu reimen an!
Während die beiden Jungs ihre Köpfe über dem GPS zusammenstecken, merke ich, dass ich tatsächlich einen Schimmer habe, wie es weitergehen könnte. Ich versetze meine Gehirnwindungen in den Turbogang und lasse es in meinem Kopf rattern:

- Alle drei Rätsel hatten etwas mit Wasser zu tun.
- In Rätsel 1 wurde betont, dass es da keine Wasserwacht gibt. Klingt danach, als könne man dort baden, ohne dass es ein ausdrücklicher Badesee ist.
- Die Waldelfen lassen auf einen See im Wald schließen.

„Kennt ihr hier im Wald irgendein Gewässer?“, frage ich laut.
Simon und Max sehen sich unsicher an.
Dann stößt Max plötzlich die Faust in die Luft.
„Klar!“, schreit er. „Der Tümpel mit den Fischen!“
Simon schüttelt verständnislos den Kopf, dann geht ihm offenbar ein Licht auf.
„Ach, diese Pfütze meinst du?“, fragt er.
„Immerhin ist die Pfütze so groß, dass wir es damals gerade mal mit dem Schlauchboot bis zur Insel geschafft haben“, entgegnet Max.
Simon grinst. „Na ja, wir waren Babys. Als Papa uns mit zum Angeln genommen hat, kamen wir gerade in die Schule.“
„Und seither wart ihr nie mehr dort?“, frage ich.
Die beiden schütteln die Köpfe.
„Mein Vater ist eigentlich gar nicht so der Angler“, sagt Simon. „Ich glaube, der wollte damals nur einen auf Abenteuer-Papa machen.“
„Trotzdem sind wir schon ganz schön weit“, werfe ich ein. „Wir kennen jetzt unser Ziel, und ihr seid Experten, weil ihr schon mal dort wart.“
„Kannst du dich noch an irgendetwas erinnern?“, fragt Max.
„Nein“, antwortet Simon. „Nur daran, dass ich immer Angst hatte, die Fische beißen mich.“

„Wir müssen so schnell wie möglich dorthin", stellt Max fest und wir widersprechen ihm nicht.
„Vielleicht haben wir die drei Rätsel ja wirklich schneller als die anderen gelöst", sage ich hoffnungsvoll.
„Aber ...", Simon spricht aus, was wir alle drei denken, „...dann bringen wir die anderen damit womöglich erst auf die richtige Spur."
„Wie weit ist es überhaupt?", frage ich, weil mir einfällt, dass ich nicht schon wieder ewig wegbleiben kann.
„Eine knappe Stunde zu Fuß", sagt Max. „Schätze ich zumindest."
Simon lacht. „Die Formulierung ‚zu Fuß', die nenn ich abstrus. Wie willst du diesen Weg denn anders als zu Fuß zurücklegen? Und eine Stunde dauert es locker!"
Mir fährt der Schreck in die Glieder. Zweimal eine gute Stunde – und dort noch tüfteln und suchen. Das kann ja ewig dauern! Wie soll ich das Mama verklickern?
Mama? Ja, genau, das ist vielleicht die Lösung!
„Mir ist was eingefallen", platze ich heraus. „Ich weiß aber nicht, wie ihr das findet."
„Schwer zu beurteilen", gibt Simon den Coolen. „Vielleicht solltest du uns erst mal verraten, was dir eingefallen ist."
„Wenn meine Mutter mitkommen würde ...", beginne ich stockend, „würden wir zwei Fliegen mit einer Klappe schlagen: Erstens müsste ich mir keine Lügengeschichte ausdenken, um so lange wegbleiben zu können. Und zweitens würde unsere Exkursion wie ein Familienausflug aussehen. Die anderen Cacher kommen doch wohl nicht auf die Idee, dass wir zusammen mit meiner Mutter auf Cache-Suche sind!"
„Du weißt, dass es gegen die Cacher-Ehre ist, wenn Erwachsene bei reinen Kinder-Cache-Wettbewerben helfen?" Max sieht mich ernst an.
„Natürlich machen wir unser Ding alleine!", sage ich empört. „Das werde ich ihr von Anfang an klar machen."
„Ach, herrje, Frauen-Idee!", kommt es von Simon. „Nur leider habe auch ich keine bessere", fügt er kleinlaut hinzu.
„Zögernde Zustimmung würde ich das nennen", sage ich grinsend. „Ich frag sie einfach mal."
Dann renne ich los.

Unterwegs lege ich mir eine kleine Ansprache zurecht. Ich muss verhindern, dass Mama zu viel wissen möchte. Und ich muss es fertigbringen, dass alles schnell geht.
Als ich in unser Zimmer stürme, sehe ich Mama auf dem Balkon Ansichtskarten schreiben. In wenigen Worten erkläre ich ihr die Situation: was ich in den letzten Tagen mit „diesen Jungs“ gemacht habe. Warum es so wichtig ist, diesen Wettbewerb zu gewinnen. Warum sie jetzt so wichtig für uns ist …
Mehr ist nicht nötig. Mama ist Feuer und Flamme! Ganz offensichtlich freut sie sich riesig, dass sie nun Geheimnisträgerin ist und die neuen Freunde ihrer Tochter kennenlernen darf. Außerdem scheint ihr die Aussicht auf eine schöne Wanderung zu einem idyllischen Bergsee Flügel zu verleihen. So schnell hat sie sich noch nie fertig gemacht! In Windeseile schlüpft sie erst in ihren Bikini und dann in ihre Wandersachen und schnallt sich ihren Rucksack um.
„Und wenn wir auf diese Weise auch noch die Schweinerei mit dem Tierheim verhindern können …“ Sie lächelt zufrieden.
Die Idee mit dem Bikini untendrunter ist gut. Vermutlich gibt es an diesem Weiher keine Umkleidekabinen. Ich tue es Mama also gleich und schnappe mir außerdem im Gehen eine Banane.
„Aber die Aufgaben müssen wir lösen, Mama“, sage ich noch mal beschwörend, während ich mampfend losstürme. „Du bist nur unsere begleitende Tarnperson, das ist schon klar, oder?“
Mama nickt. „Ich pfusche euch auf keinen Fall rein, echt“, schnauft sie ziemlich außer Atem. „Aber ich glaube, jetzt meinst du es ein bisschen zu gut mit dem Tempo. Wandern sieht anders aus.“
„Es kann um Minuten gehen, Mama“, belehre ich sie. „Je schneller wir das Ding geknackt haben, umso größer sind unsere Chancen und damit die Chancen fürs Tierheim.“
Als wir nur noch wenige Meter von Max’ Haus entfernt sind, sagt sie plötzlich: „Ach ja, Johnny hat übrigens angerufen. Er kommt morgen schon.“
Oh nein!, möchte ich schreien. Aber auf keinen Fall will ich es mir jetzt mit ihr verscherzen.
„Okay“, sage ich deshalb nur.
Und dann sind wir am Ziel.

Sonntag, 12:30 Uhr

„Erst waren die Ratten sein Problem, jetzt sind es zwei Frauen, ach, wie schön!"

Simon grinst mich blöde an. Er kann es einfach nicht lassen.

„Musst du das dauernd wieder aufwärmen? Was kann ich dafür, dass die Mädchen in unserer Klasse solche Memmen sind. Die Ratten hätten schon nichts getan. Und die alte Knollmann hätte auch nicht gleich so an die Decke gehen müssen, nur weil ich den Bio-Unterricht bereichern wollte!"

„Ich fand es auf jeden Fall lustig, wie die Viecher zwischen ihren Beinen herumgelaufen sind und sie so laut gebrüllt hat, dass sogar unser Direx aus seinem Hochglanzbüro kam", sagt Simon.

„Schulverweis anzudrohen war trotzdem völlig übertrieben", verteidige ich mich.

„Hast du ja auch nicht bekommen", kontert Simon.

„Aber dafür die Strafstunden im Tierheim!" Ich äffe Frau Knollmann nach: „Damit du den Umgang mit Tieren lernst und verstehst, dass man mit Lebewesen nicht spielt!"

Simon kugelt sich vor Lachen. Ich glaube, deshalb fängt er immer wieder mit der Geschichte an.

„Immerhin haben wir durch deine Aktion Dreibein und Mops kennengelernt. Und so schlimm war es im Tierheim ja auch wieder nicht", bringt er es nun doch auf den Punkt.

„Stimmt", gebe ich ihm recht. „Wir sollten die Tage mal nachsehen, wie der Stand der Dinge dort ist. Haben ja für übermorgen eh zugesagt, dass wir zum Streichen kommen. Vor lauter Cache-Wettbewerb dürfen wir Frau Wellenbrink nicht vernachlässigen!"

„Na, so würde ich das nicht sehen. Wozu reißen wir uns denn hier ein Bein nach dem andern aus? Nur für sie und fürs Tierheim!"

„Und da waren sie wieder, unsere Probleme...", murmele ich vor mich hin.
„Mensch, Kumpel, wir sitzen ganz schön tief im Dreck, was?", sagt Simon nach einer Schweigeminute, schaut sich den Boden um uns herum an und grinst.
„Das kannst du laut sagen." Ich nicke und schaue mich ebenfalls um. „Bestimmt heißt's wieder: ‚Max, das Ferkel!'"
Unser Garten ist ein einziges Schlachtfeld – und drinnen sieht's auch nicht viel besser aus. Das kann ja heiter werden ...
„Komm, wir gehen hoch", schlage ich vor und dirigiere Simon ins Haus. Die Schuhe lassen wir an. Macht jetzt auch keinen Unterschied mehr. In meinem Zimmer greife ich als Erstes zum Fischfutter und öffne die Aquarium-Abdeckung.

„Wie konnten wir uns nur in so eine verzwickte Situation bringen?", frage ich Simon. „Ihre Mutter!"
Vor lauter Verzweiflung über das, was da auf uns zukommt, kippe ich viel zu viel von den Futterflocken ins Wasser.
„Mist, verdammter!", zische ich.
„Max, es reicht", sagt Simon.
„Ich kann in meinem Zimmer so viel fluchen, wie ich will!", schnauze ich ihn an.
„Ich meinte eher: Wenn du so weitermachst, werden deine Lieblinge noch zu fetten Rollmöpsen", sagt Simon und grinst.
Ich drehe die Futterdose um und versuche, mit dem Minikäscher das überschüssige Futter wieder rauszuangeln.

„Gegen Anna habe ich ja nichts“, fahre ich fort und kippe den Schleim aus meinem Netz in den Mülleimer, „die hat echt was auf dem Kasten. Aber ihre Mutter mitnehmen?“
„Vielleicht hat Anna ihr kluges Köpfchen ja von ihr? Dann könnte sie uns doppelt nützlich sein!“ Simon scheint die Idee gar nicht so schlecht zu finden.
„Stell dir vor, deine Mutter wäre dabei!“, entgegne ich. „Oder meine! Da könnten wir gleich ein Banner vor uns hertragen, auf dem steht, was wir vorhaben.“
„Max!“
Ein schrecklicher Schrei ertönt von unten. Wenn man vom Teufel spricht …
„Maximilian! Komm her, aber schnell!“
Simon kapiert sofort, was los ist, und dreht mit plötzlicher Begeisterung an meinem Mikroskop herum. Doch bevor ich ihn davon abhalten kann, meine Forschungsreihe komplett durcheinanderzubringen, schallt es schon wieder durchs Treppenhaus.
„Max!“

Eines ist klar: Meine Mutter ist sauer. Stinksauer! Jetzt hilft nur noch die Flucht nach vorne. Schnell schüttele ich meine Schuhe ab und trampele barfuß die Treppe hinunter. Sie jetzt auch noch mit schmutzigen Straßenschuhen zu reizen, wäre taktisch mehr als unklug.
„Bist du von allen guten Geistern verlassen? Max, das Ferkel, hat sich wohl zur Wildsau entwickelt!"
Meine Mutter steht breitbeinig im Flur. Zwischen ihren Füßen verlaufen zwei matschige Spuren, die eindeutig von den Sohlen unserer Sportschuhe stammen. Leider hat sich eine dritte dazugesellt: Feriens Spuren sind ebenfalls nicht zu übersehen! Ganz offensichtlich hat er sich im Garten gewälzt, während Simon und ich oben Kriegsrat gehalten haben.
„Da bin ich keine Stunde aus dem Haus, um mich um Oma zu kümmern, weil ihr die Hitze so zusetzt, und wenn ich zurückkomme, steht das Essen unberührt herum, das ich Papa und dir extra hingestellt habe, und außerdem sieht es aus, als sei eine Horde Bauarbeiter hier durchgetrampelt!" Sie greift meinen Oberarm und zerrt mich mit sich. In der Terrassentür bleibt sie stehen und deutet auf unseren Garten. Ihr Arm schießt dabei vor wie eine Harpune. „Und diese Sauerei erklärt sich wie?!"
„Wir haben Mathe gelernt", wage ich einen verzweifelten Versuch, aus der Situation halbwegs heil wieder rauszukommen.
„Ihr habt was?!" Sie zieht eine Augenbraue hoch und erinnert mich dabei an Anna. Seit wann kann meine Mutter das denn?
„Äh ... Mathe gelernt. Sachaufgaben und Mengenlehre", stottere ich. Ja, das könnte klappen! Hoffnung keimt auf.
„Wir haben auf dem Papier die Aufgabe nicht lösen können. Weißt du, man hat ein 3-Liter-Gefäß und ein 5-Liter-Gefäß und durch Einfüllen und Umschütten müssen 4 Liter rauskommen. Und da habe ich den alten Eimer genommen und mit Simon das Wasser hin- und hergeschüttet. Ist gar nicht so schwer, du musst nur das 5-Liter-Gefäß füllen und in das 3-Liter-Gefäß schütten, dann bleiben in dem einen 2 Liter und in dem anderen 3 Liter und die 3 Liter schüttest du weg und füllst das Gefäß wieder auf und dann ..."
„Stopp!", ruft meine Mutter.

Yes, geschafft! Ich habe sie so verwirrt, dass sie mir nicht mehr folgen kann. Ich mir auch nicht, aber das macht Gott sei Dank nichts, denn die Aufgabe haben wir ja schon gelöst.
„Mathe lernen schön und gut", beginnt meine Mutter erst mal einzulenken, „aber musst du dabei den gesamten Garten unter Wasser setzen und das Haus verwüsten?"
„Tut mir leid", sage ich kleinlaut.
Den Kopf halte ich gesenkt, in der Hoffnung, so dem ganz großen Donnerwetter zu entgehen. Doch bevor Mama noch einmal richtig Luft holen kann, klingelt es an der Haustür.
Wie auf Kommando schießt Ferien herbei – Gäste begrüßen ist seine große Leidenschaft! Vermutlich ist er heute ganz besonders stolz auf die braunen Schuhe, die der Matsch auf seine weißen Pfoten gezaubert hat.
Wenn das jetzt Anna mit ihrer Mutter ist …
Angesichts des Flur-Chaos' öffnet meine Mutter die Tür nur einen Spalt.
„Grüß Gott, kann ich Ihnen helfen?", fragt sie.
Ich sehe nicht, wer da steht. Ganz offensichtlich ist es niemand, den sie kennt.
„Schönen guten Tag, Frau Moosbacher! Mein Name ist Schmitz. Meine Tochter Anna ist mit Ihrem Sohn Max befreundet."
NEIN! Mist! Mist! Mist! Wie konnten die so schnell hier sein? Wenn sie jetzt meiner Mutter erzählen, dass wir zusammen am Gruber-Weiher geocachen gehen wollen, dann ist der Teufel los. Ich mache daher das Einzige, was mir einfällt, und reiße die Tür auf.
„Hallo, Anna!", begrüße ich sie viel zu laut und zu stürmisch.
„Hi", antwortet sie. „Bereit?"
Na toll, was für eine Hilfe.
Ich bin am Ende.

Sonntag, 12:45 Uhr

Manchmal ist Mama einfach klasse. Jetzt zum Beispiel. Obwohl ich vergessen habe, sie ordnungsgemäß in die Gesamtsituation einzuweisen, überreißt sie instinktiv, was sie nicht sagen darf.
„Wissen Sie, wir sind hier im Urlaub, und Ihr Sohn ist so nett, uns die Gegend ein wenig zu zeigen", sagt sie superfreundlich zu Max' Mutter. „Es ist ja auch so schönes Wetter."
„Aha", meint diese und wirft Max einen weniger freundlichen Blick zu. „Na, wenn der Junge auch mal nützlich ist ..."
In Max' Blick macht sich grenzenlose Erleichterung breit. „Ich erledige das später, Mama", sagt er. „Ehrlich, lass es! Bitte!"
Erst jetzt sehe ich die Bescherung auf dem Boden – und auf Ferien. Oje, die drei haben es aber gut gemeint!
Dann erscheint auch Simon auf der Bildfläche.
„So viele Damen in einem Türrahmen!", sagt er grinsend und betont das „rah" wunderbar passend.
Ehe ich es verhindern kann, wiehert meine Mutter los. Ihr Humor ist unberechenbar.
„Wir packen schnell noch ein paar Kleinigkeiten ein!", ruft Max, während er mit Simon zusammen kehrtmacht und die Treppe hochstürmt.
Max' Mutter seufzt. „Ich würde Sie ja wirklich gerne hereinbitten, aber ..." Entschuldigend weist sie auf die Spur des Grauens, die sich durch den Flur zieht.
„Ach was, das bisschen Schmutz!", meint meine Mutter lachend und wirkt dabei kolossal entspannt.
Ist das wirklich dieselbe Frau, die wegen „ein bisschen Schmutz" von Dame und mir schon Tobsuchtsanfälle bekommen hat? Noch ehe ich mir überlegen kann, wie sich diese wundersame Wandlung für zu Hause nutzen lässt, dirigiert uns Max' Mutter doch noch ins Haus.
„Jetzt kommen Sie eben einfach mit in den Garten", sagt sie. „Obwohl der auch gelitten hat. Jungen!" Sie verdreht die Augen und führt uns auf die Terrasse. Dort dürfen wir uns auf eine Holzbank setzen.
„Kleine Wasserschlacht?", fragt Mama belustigt mit Blick auf die Reste unseres Wasser-Experiments.

„Nein, die Jungen haben doch tatsächlich irgendetwas Mathematisches ausprobiert", korrigiert Max' Mutter sie eifrig, „und das in den Ferien!"
„Ja, praktische Übungen sind einfach das Beste", bestätigt Mama beflissen. „Da lernen Kinder viel mehr als mit öder Theorie."
„Darf ich Ihnen vielleicht etwas anbieten?", fragt Max' Mutter jetzt, ganz die gute Gastgeberin.
Doch ehe Mama und ich etwas antworten können, stehen die beiden Jungs schon vor uns – mit riesigen Rucksäcken auf den Rücken.
„Ferien nehmen wir mit!", ruft Max im Gehen seiner Mutter zu.
„Ihr habt ja noch gar nichts zu Mittag gegessen!", sagt Max' Mutter statt einer Antwort.
„Haben was eingepackt", wehrt Max ab.
Und dann marschieren wir endlich los.

„Darf ich mal was fragen?“, fragt Mama überflüssigerweise, weil auch das ja eine Frage ist. „Was schleppt ihr da eigentlich mit euch herum?“
„Alles, was man brauchen kann“, antwortet Max ausweichend. Entweder er traut meiner Mutter noch immer nicht oder er hat Angst vor Spionen, die uns heimlich zuhören.
„Was kann ich denn tun, dass man uns die Nummer mit der lustigen Wandergruppe abnimmt?“, fragt Mama unverdrossen weiter und schaut Max und Simon verschwörerisch an. Und dann tut sie etwas schrecklich Peinliches. Ohne eine Antwort abzuwarten, schmettert sie übermütig los: „Das Wandern ist des Müllers Lust ...“
Ich bin grenzenlos erleichtert, dass ihr schon nach der zweiten Wiederholung dieser Zeile der Text ausgeht. Nur leider habe ich die Rechnung ohne Simon gemacht. Der haut voll in die Kerbe.
„Und das besonders im August“, singt er mindestens so laut wie Mama.
„Das habe ich noch nicht gewusst“, hängt sich nun auch Max dran.
Und da weiß ich, dass der Bann gebrochen ist. Während die drei weiter herumalbern, sehe ich mich vorsichtig um. Die anderen Geocacher dürfen auf keinen Fall durch uns auf diesen Gruber-Weiher kommen. Es könnte doch wirklich sein, dass wir diesmal als Schnellste die richtigen Koordinaten eingegeben haben! Und dann hätten wir eine Super-Chance.
Dank Mama wirken wir jedenfalls ganz bestimmt nicht wie eine Geocaching-Abenteuertruppe. Eher wie „Mami führt Töchterchen und Freunde Gassi“ ...
Inzwischen ist der Weg gar nicht mehr so ohne: Je weiter wir uns vom Dorf entfernen, umso schmaler und steiler wird er. Und obwohl wir uns im Halbschatten bewegen, spüre ich plötzlich, wie mir die Hitze dieses Sommertages zu schaffen macht. Dann sehe ich, dass Simon ein Rinnsal aus Schweiß über die Stirn läuft und sich sein Gesicht ins Rötliche verfärbt. Hoffentlich klappt er uns nicht zusammen!
„Soll ich mal deinen Rucksack tragen?“, biete ich arglos an und weiß im nächsten Moment, dass das ein Fehler war. So empört hat mich Simon noch nie angesehen!
„Ich kann euch ja auch mal etwas abnehmen“, schließt sich Mama an.
„So weit kommt’s noch!“, stößt Simon hervor und setzt seinen Fuß besonders entschieden auf das bemooste und leicht sumpfige Stück

Waldweg, das wir gerade erreicht haben. Plötzlich bleibt er wie angewurzelt auf einem Bein stehen.
„Verdammt!", zischt er. „Schaut euch das an!"
Ferien macht einen Satz und Max dreht sich interessiert zu ihm um.
„Willst du Rumpelstilzchen spielen?", fragt er und ist nahe daran, loszuprusten.
Doch dann vergeht uns das Lachen: Eindeutig können wir vor Simon auf dem Weg ziemlich tiefe und ganz frische Fußabdrücke von Wanderschuhen erkennen, die definitiv nicht von uns sind!
„Verflixt, hoffentlich war das keiner von den Geocachern!", sagt Max finster.
Unwillkürlich steigern wir das Tempo. Obwohl Simon sichtlich leidet, kommt kein Klagelaut über seine Lippen. Nur seine angestrengten Atemgeräusche verraten, wie sehr ihn die Packesel-Rolle an seine Grenzen bringt.
„Du musst aufpassen, dass du keinen Hitzschlag bekommst!", sagt Mama besorgt.
Ich ahne, in welcher Übersetzung der Satz Simons Hirn erreicht. Genauso gut hätte sie sagen können: Übergewichtige und untrainierte Menschen wie du sind für Adventure Events wie dieses und Adventure People wie uns ein echter Risikofaktor!
Ich spüre, dass Mama in Sekundenschnelle Sympathiepunkte verliert. Und dann macht sie auch schon den nächsten Fehler.
„Habt ihr euch überhaupt mit Sonnenschutz eingeschmiert?"
Oh Gott, jetzt reicht's aber! Kann meine Mutter so wenig Gefühl dafür haben, dass sie gerade zur Nervensäge erster Güte mutiert? Aber vielleicht ist es ihr auch einfach nur egal. Wenn ich wenigstens Gedanken lesen könnte! Dann würde ich weitere Entgleisungen zu verhindern wissen. Durch Rippenstöße oder tödliche Blicke. Zur Not auch durch ein Brennnessel- oder Ameisenhaufen-Attentat. Nur ganz leicht schubsen. Nur so sehr, dass sie erst mal mit sich selbst beschäftigt wäre.

„Wir sind gleich da", sage ich.
Der Blick auf das GPS-Gerät in meiner Hand verrät mir, dass unser Waldweg bald ein Ende hat. Und die Schlepperei mit den Rucksäcken auch!

„Seht mal", trällert Annas Mutter, „da hinten schimmert etwas durch die Bäume!"
Wenigstens gibt sie keine oberschlauen Ratschläge mehr von sich. Meiner Mutter gegenüber hat sie ihre Sache ja wirklich top gemacht, aber auf ihre komischen Belehrungen kann man getrost verzichten.
„Das ist …", keucht es mir in die Kniekehle, „der Gruber-Weiher."
Simon beendet mühsam seinen Satz. Sein Kopf hängt so tief, als würde er einer Ameisenstraße folgen. Dass er mir dabei fast in den Rücken rumpelt, scheint er nicht zu bemerken.
Ein paar Minuten später stehen wir am Ufer.

„Und jetzt?“, fragen Anna und ihre Mutter wie aus einem Mund.
Na toll. Unser Dream-Team! Da hilft nur ein MAXimaler Charme-Angriff.
„Wir müssen auf die Insel. Hier, Ladies, seht ihr den Pfeil?“ Ich drehe ihnen den Bildschirm des GPS-Gerätes zu. „278 Meter nach Südosten, dann sind wir am Ziel.“
„Ladies?!“, schnauft es verächtlich von unten. Simon hat sich in der Zwischenzeit flach auf die Erde gelegt und leidet dort offenbar unter akuter Atemnot. „An meinem Lebensende, welch ein Verdruss, wünsch ich mir noch einen süßen Kuss. Einen von den Damen, Amen!“ Dann schließt er die Augen.
Ich schöpfe mit beiden Händen eine Ladung Seewasser und lasse es mitten auf seinen knallroten Kopf platschen.
„Wooaahhh!“, schreit er auf. „Spinnst du?“
„Los, du Poet, tief durchatmen!“, sage ich, reiße meinen Rucksack auf und hole die gelbe Luftmatratze heraus.
„Baust du Simon jetzt ein Bett oder was wird das?“, fragt Anna, während ihre Mutter schon mal die Wassertemperatur testet.
„Wo ist ein Bett?“, fragt prompt das noch immer triefende Elend neben uns.
„Ihr wart wohl zu lange in der Sonne!“, Langsam werde ich echt sauer. „Das sind unsere Luftmatratzen, mit denen wir zur Insel paddeln. Oder wollt ihr 200 Meter einfach so durch den See schwimmen?“
Genervt blase ich meine Matratze auf. Und nun fängt auch Simon endlich an, seine Schwimmhilfe auszupacken.
„Kann ich euch vielleicht helfen?“ Annas Mutter ist wieder da und schaut uns lächelnd zu.
„Nein, danke, Frau Schmitz“, antworte ich zwischen zwei Luftzügen. „Sie könnten sich mit Anna aber gerne umsehen und schauen, von wo wir am besten starten können und ob die Luft rein ist.“
Anna und ihre Mutter ziehen ab und Ferien folgt ihnen.
Fünfzehn Minuten und gefühlte 2937 Luftstöße später liegen beide Luftmatratzen prall vor uns und auch Anna und ihre Mutter sind wieder da. Jetzt noch raus aus den Klamotten, dann kann's losgehen. Zum Glück haben wir die Badesachen schon an. Auch die beiden Damen haben offensichtlich vorausgedacht und ihre Bikinis druntergezogen.

„Dann wollen wir mal. Sie dürfen gerne mit Anna die rote Matratze nehmen, Simon und ich teilen uns die gelbe hier“, biete ich Frau Schmitz höflich an.
Jetzt müssen wir nur noch das GPS in die Plastiktüte packen und den Rucksack sicher verstauen.
„Sag mal, Simon, war hier nicht irgendwo ein alter, hohler Baumstamm?“, frage ich und schaue mich suchend um. „Unser Rucksack mit den Wertsachen muss da rein. Der würde nie trocken auf der Insel ankommen.“
„Du sitzt fast drauf“, sagt mein Kumpel grinsend, dessen Gedächtnis besser ist als meins.
Ich hätte das Versteck fünf Meter neben mir nicht erkannt. Hier sind unsere Sachen ganz bestimmt gut aufgehoben! Simon legt noch seine Brille dazu und hat jetzt eine gewisse Ähnlichkeit mit einem Maulwurf. Aber lieber aussehen wie ein Maulwurf, als noch einmal eine Brille im See versenken.
„Los geht's!“, ruft Frau Schmitz und strampelt mit den Beinen, dass es nur so spritzt. Und auch Ferien gibt Vollgas. Ich glaube, es hat ihm ein-

fach noch keiner gesagt, dass er kein Seehund ist. Er liebt Wasser! Mein GPS leider nicht. Deshalb halte ich den Beutel am ausgestreckten Arm. Wir sind noch keine fünfzig Meter gepaddelt, da beginnt Simon wie ein Wahnsinniger auf die Luftmatratze einzuschlagen.
„Hör auf!", schimpfe ich. „Oder willst du, dass wir samt GPS im Wasser landen?"
Meine Warnung dringt wohl leider nicht zu ihm durch, denn er hämmert immer wilder drauflos.
„Die Viecher fressen mich auf!", ruft er und klingt panisch. „Bremsen!"
„Bremsen?", frage ich. „Wie sollen wir denn bremsen bei diesem Schneckentempo?"
„Sie stechen!" Seine Stimme wird immer panischer.
„Ach, du meinst Haematopota pluvialis! Eine Regenbremse aus der Familie der Tabanidae. Sag das doch gleich. Die blöden Viecher stehen auf das Gelb unserer Luftmatratze. Da hilft nur eins: strampeln!"

Vorne schlägt Simon auf die Matratze, hinten spritzt es höher als bei jedem Arschbomben-Wettbewerb. Ich bin heilfroh, als wir endlich sicher am Inselufer landen. Doch meine Freude dauert nicht lange an, als ich sehe, dass sich immer mehr rote Punkte auf Simons Rücken zu einem Haufen Quaddeln verwandeln. Ich beschließe, ihn nicht auf das Thema anzusprechen. Simon neigt zur Wehleidigkeit!
Doch Frau Schmitz ist anderer Meinung.
„Oje, Simon! Wie sieht denn dein Rücken aus?", ruft sie besorgt.
Super, wie mein Plan klappt!
Während Frau Schmitz sich um Simons Rücken kümmert, suchen Anna und ich den Cache.
„Der muss hier irgendwo sein", sagt Anna und dreht sich mit dem GPS im Kreis. „Aber da ist nichts. Kein Baumstumpf, kein Steinhaufen, kein Vogelhäuschen. Nichts!"
„Die Rätsel haben wir richtig gelöst, da bin ich mir sicher. Dein Opa hat das Schütträtsel bestätigt und auch das Wortgitter hatte den Hinweis hier zum See. Die Gemeinsamkeit war ebenfalls das Wasser", wiederhole ich die Fakten.
„Und am Ende war davon die Rede, dass man ruhig einen Liter Wasser mehr einpacken soll, weil es vermutlich heiß wird", vervollständigt Anna.
Genau dieser Satz bringt den entscheidenden Hebel in meinen Hirnwindungen zum Einrasten.
„Das ist es!" Begeistert schnappe ich mir das GPS. „Weißt du noch, von welcher Temperatur die Rede war?"
Anna zieht ihre Augenbraue hoch. „Irgendetwas mit 30° C, glaube ich. Warum fragst du?"
„Weil 30° auch eine Angabe für eine Peilung sein könnte. Wir stehen an einem Wegpunkt und müssen jetzt mit Hilfe eines Kompasses oder GPS-Gerätes eine neue Richtung anpeilen. Und zwar genau 30° auf den geografischen Nordpol bezogen. Normalerweise sind bei den Beschreibungen auch immer Angaben zur Entfernung dabei, aber da wir uns auf einer Insel befinden, ist das ja nicht nötig. Wir müssen einfach nur immer geradeaus gehen und uns umsehen. Irgendwo auf der Strecke zwischen unserem jetzigen Standpunkt und dem gegenüberliegenden Ufer der Insel liegt unser Versteck! Und die Insel ist ja nicht wirklich

groß." Voller Begeisterung tippe ich die entsprechenden Tasten und drehe mich langsam im Kreis. Genau so lange, bis das Display mir 30° anzeigt.
„Komm mit!", sage ich und ziehe Anna am Arm.
„Aber was ist mit Simon und meiner Mutter?"
Wir blicken kurz zurück. Simon liegt auf einer der Matratzen und Frau Schmitz schaufelt mit ihren Händen kaltes Wasser auf seinen Rücken.
„Ich glaube, die beiden sind beschäftigt", sage ich grinsend. „Perfekte Tarnung, findest du nicht?"
Als Anna ebenfalls lächelt, gehe ich los. Immer in Richtung des anderen Ufers, das von hier aus schon gut zu sehen ist.
„Da ist immer noch kein Baum", sagt Anna.
„Nein, aber sieh mal da!" Ich zeige auf ein grünes dünnes Rohr, das mitten im Schilf steht.
„Na toll, ein hohler Stab. Und jetzt?"
„Jetzt füllen wir ihn mit Wasser! Ein Liter dürfte reichen." Erneut grinse ich und auch bei Anna springt der Funke über.
„Du meinst, nach dem Hinweis mit den 30° muss hier der Extra-Liter Wasser eingefüllt werden?", fragt sie begeistert.
„Genau der", bestätige ich.
„Aber wir haben kein Wasser", meint Anna.
„Ach nein? Herrje, Anna, das ist eine Insel!"
Mit meiner Plastiktüte, in der das GPS sicher den See überquert hat, laufe ich die paar Schritte zum Ufer. Schnell schöpfe ich eine Tüte voll Wasser. Wer sagt denn, dass man es in einer Flasche transportieren muss?!
Damit wir möglichst wenig verschütten, formt Anna mit ihrer Hand einen Trichter über dem kleinen Loch. Vorsichtig füllen wir das Wasser ein – und sind plötzlich beide klitschnass.
„Iieehhh!", ruft Anna und springt zur Seite.
Vor Schreck lasse ich die Tüte fallen.
Aus drei Löchern sprudelt das Wasser, das wir eben erst eingefüllt haben, in wunderschön gebogenen Strahlen aus dem Rohr.
„Wir müssen die Löcher zuhalten", stellt Anna fest.

Ich renne los und hole eine weitere Tüte Wasser.
„Ich komme nur an zwei Öffnungen heran", sagt sie. „Kannst du das dritte Loch zuhalten?"
Mit dem Knie drücke ich gegen das noch offene Loch. Dann schütte ich das Wasser in die Öffnung. Nichts passiert. Verdammt, das war wohl zu wenig! Also ein weiteres Mal zum Ufer! In der Zwischenzeit läuft das restliche Wasser natürlich aus dem nun wieder offenen Loch. Das Ganze also noch einmal: Knie hoch, Loch zu und dieses Mal die volle Tüte ganz vorsichtig einfüllen.
„Bingo!", rufe ich, als ein kleines Röhrchen an der oberen Öffnung auftaucht. Es schwappt auf der Wasseroberfläche und wird herausgespült.
„Kannst loslassen!", weise ich Anna an. „Wir müssen uns den Code merken, wir haben weder Schreibzeug noch Handy dabei."
Nachdem wir den Code mindestens fünfmal wiederholt haben, packen wir ihn zuerst wieder in das kleine und dann in das große Rohr. Danach rennen wir zurück zur Anlegestelle.
Als wir dort ankommen, bleiben wir erst mal wie angewurzelt stehen: Von Simon keine Spur! Und auch Frau Schmitz ist nicht zu sehen. Selbst Ferien ist wie vom Erdboden verschluckt. Nur zwei labbrige Gummihüllen liegen schlapp in der Sonne.
„Max, was ist hier los?", sagt Anna langsam.

Sonntag, 14:30 Uhr

Mein Herz klopft wie wild. Das ist doch irgendwie komisch, dass Mama einfach so verschwindet! Und Simon samt Ferien mit ihr.
Dann noch diese beiden traurigen Hüllen – da muss etwas passiert sein!
Ich bin beunruhigt, greife sogar für einen kurzen Moment nach Max' Hand.
„Da stimmt was nicht", sagt er. Zögernd kniet er sich zwischen die traurigen Reste unserer Luftmatratzen. „So eine Schweinerei!"
Und jetzt sehe ich es auch: In beide Luftkammern wurde mehrmals gestochen.
„Das ist gegen die Cacher-Ehre!", stößt Max wütend hervor. „So etwas macht man nicht. Wenn ich die kriege …"
„Aber Mama und Simon … Meinst du, dass die denen was getan haben?"
„Bei solchen Typen weiß man nie …", murmelt Max.
„Sollen wir einfach mal rufen?", frage ich. „Vielleicht machen die beiden ja nur eine kleine Inselerkundung."
Max schüttelt entschieden den Kopf. „Ich glaube nicht, dass Simon, erschöpft wie er war, freiwillig mit deiner Mutter auf der Insel Sightseeing macht."
„Aber was …?" Ich kriege den Satz kaum raus. „Aber was soll dann mit ihnen geschehen sein?"
„Irgendeine Schweinerei, vermute ich", meint Max finster.
„Wir müssen sie suchen", sage ich und höre selbst, wie dünn meine Stimme klingt.
Max nickt. „Ich schlage vor, dass wir uns hier mal genauer umsehen."
Beunruhigt folge ich Max durch das Mini-Wäldchen, das die Insel in der einen Richtung durchzieht. Wir schleichen wie Indianer, geduckt und leise. Ich stelle meine Ohren auf Superempfang und sehe mich bei jedem Schritt um. Die beiden können doch nicht spurlos verschwunden sein! Plötzlich fällt mein Blick auf ein winziges buntes Etwas, das am Boden liegt. Ich stupse Max aufgeregt in den Rücken.
„Schau mal", flüstere ich und zeige auf die kleine gelbe Plastikkugel.

Im selben Moment schießt mir eine Erinnerung ins Hirn. Genau solche Kügelchen habe ich gesehen, als ich kurz mit Mama am Ufer des Weihers unterwegs war!
Plötzlich entdecken wir überall solche Kügelchen.
Max schlägt sich die Hand vor die Stirn. „Ich ahne etwas!“, sagt er. „Das ist Munition!“, stößt er hervor, und ich erschrecke so sehr, dass ich plötzlich keine Luft mehr kriege.

„Natürlich keine tödliche“, sagt Max beruhigend, „aber weh tun die Dinger schon. Diese Schweine!“
Ich stelle mir vor, wie Mama von irgendjemandem beschossen wird, nur weil sie uns helfen wollte ... und würde am liebsten losheulen.
Max streichelt mir kurz über den Arm, ganz leicht nur, aber es tut mir irgendwie gut. Und dann erklärt er mir, dass sie sich manchmal mit den anderen Jungs vom Ort kleine Bandenkämpfe mit der Soft Gun geliefert haben.

Aha, daher die Kugeln am anderen Ufer.
„Aber wenn die hier auf Mama und Simon geschossen haben, waren sie ja doch schon vor uns da“, stelle ich fest und werde immer niedergeschlagener.
„Ob sie den Cache haben, ist nicht sicher.“ Max gibt sich alle Mühe, mich auf bessere Gedanken zu bringen. „Ich vermute mal, die haben die Rätsel auch gelöst und waren tatsächlich vor uns hier. Und für alle Fälle haben sie die Soft Guns mitgenommen. Vermutlich sind sie auf der Insel herumgeirrt, aber haben nicht gecheckt, wo der Cache versteckt ist.“
„Und dann haben sie Mama und Simon ...“ Ich mag gar nicht weitersprechen.
„Und unsere Luftmatratzen haben sie auch noch kaputt gemacht. Diese verflixten Madenkacker soll der ...“
Max hat seine Verwünschung noch nicht ausgesprochen, da fahren wir beide herum. Das sind eindeutig menschliche Geräusche, die an unsere Ohren dringen. Genau genommen ist es ein schweres Schnaufen. Eines, das wir sehr gut kennen.
„Du dickes Ei, ich war dabei!“ Simons Gesichtsausdruck schwankt zwischen Empörung und Stolz.
„Was ist passiert?“
„Wo ist meine Mutter?“
Max und ich schleudern Simon die Fragen gleichzeitig entgegen.
„Moment, Moment!“ Simon kostet unsere Aufregung sichtlich aus. Immerhin wirkt er nicht so, als sei meiner Mutter etwas zugestoßen. Und er selbst scheint auch noch recht lebendig.
„Als ihr losgezogen seid, hat sich deine Mutter noch sehr nett um meinen Rücken gekümmert“, beginnt er aufreizend langsam zu erzählen. „Im Gegensatz zu euch. Ihr hättet mich kläglich verenden lassen. Na ja. Plötzlich waren da Geräusche. Dann haben wir gesehen, wie sie sich an unseren Luftmatratzen zu schaffen machten. Und dann haben die uns echt mit Soft Guns beschossen, diese Feiglinge. Mann, ist deine Mutter wütend geworden!“
„Wo – ist – sie – jetzt?!“, schreie ich ihn an.
„Gleich“, wiegelt Simon ab. Und dann redet er einfach weiter: „Die hat sich echt nicht einschüchtern lassen! Hat einfach den Spieß umgedreht,

sich hinter einem Baum versteckt und denen Angst gemacht. Von wegen Sachbeschädigung und so. Dass da der Spaß aufhört. Da haben die erst gemerkt, dass sie erwachsen ist. Sie hatten sie von hinten wohl für ein Mädchen gehalten! Dann sind die abgedüst, wieder zurück, immer am Ufer entlang. Und deine Mutter hatte die Super-Idee, dass wir eine Abkürzung nehmen, um sie einzuholen. Mann, ich bin so schnell gelaufen wie noch nie in meinem Leben! Und wisst ihr was? Die waren mit einem Tretboot da!"
Simon verdreht dabei die Augen und macht ein Gesicht, als wolle er sich übergeben.
„Ich wusste gar nicht, dass es hier Boote gibt", sagt Max. „Wozu auch? Ist doch wirklich eher eine Pfütze."
Ich denke an die Luftmatratzen, die die beiden extra mitgeschleppt haben, halte aber meinen Mund. Ich will jetzt endlich wissen, was mit Mama ist!
Simon holt noch einmal tief Luft. „Deine Mutter hat das Boot ein paar Sekunden vor den Sherlock-Cachern in Beschlag genommen. Und dann hat sie ganz cool gesagt: ‚Ihr rührt euch nicht von der Stelle. Mit euch habe ich noch ein gigantisches Hühnchen zu rupfen.' Da ist denen das Herz eine Etage tiefer gerutscht. Die sind ins Wasser gehüpft, als sei der Tyrannosaurus Rex persönlich hinter ihnen her. Vermutlich schwimmen sie da immer noch."
„Und Annas Mutter hütet das Tretboot?" Max' Augen beginnen zu leuchten. Dann scheint ihm etwas einzufallen. „Sag mal, wo ist eigentlich Ferien? Den hatte ich vor lauter Aufregung ganz vergessen."
Simon grinst. „Der leistet Annas Mutter Gesellschaft", sagt er. „Ihn haben diese gelben Kügelchen total verrückt gemacht. Jetzt hängt er an Frau Schmitz, als sei sie seine Mami."
Max und ich werfen uns einen Blick zu.
„Du, wir haben …", beginnen wir gleichzeitig.

Sonntag, 14:45 Uhr

„... den Code!“
„Super! Ihr den Code, wir ein Boot!“, kommentiert Simon. „Ab nach Hause!“
„Wir müssen die Luftmatratzen mitnehmen“, erinnere ich ihn.
„Willst du die etwa flicken? Das kannst du vergessen!“ Annas Augenbraue zuckt in die Höhe.
„Natürlich nicht. Cacher haben aber eine Art Ehrenkodex“, erkläre ich ihr. „Abfall wird immer mitgenommen, nichts bleibt zurück. Im Gegenteil, sie sammeln sogar Müll auf, den sie in der Natur finden. Es gibt da richtige Events: CITO heißen die. Cache in, trash out.“
„Versteck rein, Müll raus?“, übersetzt sie prompt.
„Genau! Alle haben einen Müllsack dabei und reinigen ganze Landstriche. An Flüssen, Straßen und so weiter. Dosen suchen und Abfall einsammeln“, erzähle ich weiter.
„Cool. Wusste gar nicht, dass Cacher richtige Naturschützer sein können!“ Anna schaut begeistert von Simon zu mir und zurück.
Vor lauter Erklären habe ich gar nicht gemerkt, dass wir schon da sind. Erst als Ferien mir um die Beine wuselt und meine nackten Waden abschleckt, sehe ich das Tretboot – und verstehe nun, warum Simon so entsetzt war: Annas Mutter wartet auf uns in einem riesigen weißen Schwan!
Als sie uns sieht, schwankt sie an Land, breitet die Arme aus und Anna stürzt sich hinein.
Ich kraule erst das weiße, weiche Fell meines Hundes und fange dann schon mal an, die Matratzenreste im Boot zu verstauen.
„Los, rein mit euch und nichts wie weg!“, ruft Annas Mutter.
„Sag mal, was weißt du eigentlich über den aktuellen Stand bezüglich des Tierheims?“, fragt mich Frau Schmitz, als wir mitten auf dem See sind.
„Nur, dass es richtig mies aussieht, wenn wir es nicht schaffen, den ersten Preis beim Wettbewerb zu gewinnen. Die Schlipsträger machen Pfotenglück dicht, weil sie keine Ahnung haben.“

„Das ist echt eine Riesensauerei!“, poltert Annas Mutter los. „Keiner tut was für die Tiere, aber jeder reitet auf den Paragrafen herum. Ich finde es toll, dass ihr euch so engagiert!“

Während ich mit Frau Schmitz rede, taucht plötzlich eine Vierer-Gruppe am anderen Ufer auf. Sie sehen sich um und deuten aufgeregt in unsere Richtung, als sie den näherkommenden Schwan entdecken.
„Wieder ein paar Cacher, die es wagen, würde ich sagen“, kommt es von Simon.
„Tja, schneller als die sind wir allemal!“, stelle ich zufrieden fest. Zu gerne würde ich wissen, ob die Sherlock-Cacher den Cache nun vor uns gefunden haben oder ob sie unverrichteter Dinge vor der Frau hinter mir geflüchtet sind.

„Können wir den haben?", fragt einer der vier Jungs, als wir anlegen, und wirft unserem Schwan einen hoffnungsvollen Blick zu.
„Ich denke schon", sage ich und sehe Frau Schmitz von der Seite an.
„Ein Schwan gehört ins Wasser", sagt sie fröhlich und übergibt ihnen das merkwürdige Ding.
Dann geht alles ganz schnell. Wir sichern unsere Rucksäcke und machen uns zügig auf den Weg nach Hause.
Vor dem Eingangstürchen zu unserem Garten bleiben wir stehen.
„Mama, ist es okay, wenn ich noch kurz bleibe? Wir wollen unbedingt den Code eingeben." Anna kuschelt sich an ihre Mutter und schaut sie von unten mit einem Hundeblick an.
„Na gut. Weil ihr euch so tapfer geschlagen habt und es für einen guten Zweck ist. Aber um sechs bist du in der Pension. Versprochen?"
„Versprochen ist versprochen und wird auch nicht gebrochen", antwortet Simon, noch bevor Anna den Mund aufmachen kann.

In meinem Zimmer fahren wir sofort den PC hoch. Ferien hat sich komplett erschöpft unter den Schreibtisch fallen lassen. Die Homepage öffnet sich und das Eingabefeld für den Code leuchtet uns entgegen.
„Dann mal los, wie lautet der Code?" Simon schaut uns gespannt an.
Ich schaue Anna an. Anna schaut mich an. Keiner sagt etwas.
„Habt ihr den etwa vergessen?!" fragt Simon entgeistert. „Es ist kurz vor fünf. Wir haben nicht mehr viel Zeit!"
Als ob wir das nicht selbst wüssten!
„Ich habe den Code nicht vergessen", verteidige ich mich. „Er fällt mir nur gerade nicht mehr ein." Verzweifelt versuche ich, mir den kleinen Zettel wieder vor Augen zu holen.
„Sicher bin ich mir nicht, aber war die erste Ziffer nicht eine 1?", fragt Anna nun vorsichtig. Die 1, richtig! Und dann 5. Oder doch 6? An dritter Stelle war ein T.
„1 … 5 … T …", murmele ich vor mich hin.
„3, 8, Y, M", vervollständigt sie.
Ich haue in die Tasten und drücke „Enter".
Eine Fehlermeldung leuchtet auf. Offenbar haben wir eine falsche Kombination eingegeben.

„Wie war der blöde Code noch mal?" Verzweifelt sehe ich wieder zu Anna. „Doch die 6 statt der 5?"
„Wie oft darf man denn einen falschen Code eingeben?", fragt Simon.
„Keine Ahnung. Hier steht nichts. Ich glaube kaum, dass es da eine Einschränkung gibt", antworte ich ohne große Überzeugung.
„Aber dann könnte doch jeder den Code knacken, ohne den Cache suchen zu müssen", wirft Anna ein.
„Das würde zu lange dauern. Wenn man die Rätsel löst, ist man schneller." Hoffe ich zumindest.
„Nur, wenn man sich den Code auch merkt!", zischt Simon in unsere Richtung.
„Jetzt!", schreit Anna. „Jetzt bin ich mir ganz sicher: 1, 6, T, 3, 8, Y, M!"
Ich gebe den Code ein und wir starren wie gebannt auf den Bildschirm.

Sonntag, 16:50 Uhr

Die Spannung ist kaum auszuhalten. An welcher Stelle wir wohl diesmal sind? Auch die beiden Jungs sind total hibbelig, das kann ich sehen. Und dann ist es Gewissheit:

Cache-Kids

GRATULATION! Ihr habt die zweite Station erfolgreich gefunden. Es war bisher

1 Geocacher-Team

schneller als ihr. Aber keine Sorge, noch ist alles offen. Löst folgende Rätsel und begebt euch wieder auf Schatzsuche. Viel Spaß und Erfolg!

Ich schwanke zwischen Ärger, weil wir wieder nicht die Ersten waren, und Freude, dass wir diesmal so weit vorne sind.
„Halb schlecht, halb recht“, bringt Simon die Sache auf den Punkt.
Ich sehe in Max’ Gesicht und spüre, dass er enttäuscht ist.
„Immerhin haben wir sechs Punkte gut gemacht“, sage ich betont fröhlich. „Nicht schlapp machen, Jungs! Lasst uns die neuen Aufgaben ansehen!“
Und Max befolgt brav, was ich sage. Gespannt blicken wir auf den Bildschirm.
Das Erste, was wir zu lesen bekommen, ist:
Nicht dösen, sondern lösen!
Ich versetze Simon einen kleinen Stoß in die Rippen. „Hättest uns ruhig sagen können, dass du deine Finger da im Spiel hast!“, sage ich kichernd.
„Hättest es ruhig bleiben lassen können, deine Finger in meinen schmerzenden Rücken zu bohren!“, beschwert sich Simon.

Cache-Kids

Ein wenig Gold, ein wenig Schwarz, ein wenig Weiß – und etwas Aufgegangenes ... Wenn dir das Licht aufgegangen ist, gibst du den, der aufgegangen ist, hier ein.

Dann geht es weiter. »»

„Wie bitte?!" Der Aufschrei ist dreistimmig. Wir sehen uns so ratlos an, dass wir lachen müssen.

„Ist dir ein Licht aufgegangen?", fragt Max in Simons Richtung.

Simon schüttelt den Kopf und ich schüttele gleich mit. Keine Ahnung, was das mit den drei Farben soll.

„Schaut mal auf die Uhr!", sagt Simon plötzlich.

Es ist genau 17 Uhr. Das war wirklich Maßarbeit. Oder Glück.

„Von den Farben her klingt es nach Flagge", macht Max unbeirrt weiter und fängt zu googeln an.

Wir stecken die Köpfe zusammen ... und wirklich: Die Fahne des russischen Kaiserreiches hatte die Farben Schwarz, Gold und Weiß.

„Und was ist dem russischen Kaiser aufgegangen?", fragt Simon.

Max schaut erwartungsvoll auf mich. Nur leider kann ich heute nicht mit Erleuchtung dienen. Mir fällt absolut nichts ein.

„Wie wär's mit deinem Telefonjoker?", schlägt Simon vor.

Ich schüttele wieder den Kopf.

„Ich kann Opa heute leider nicht um Hilfe bitten", sage ich entschuldigend, „der ist nicht zu Hause."

Wir geben die Farben noch ein paarmal im Internet ein, aber uns geht kein einziges Licht auf.

„War ja auch ganz schön viel los heute", werfe ich aufmunternd in die Runde: „Da ist es doch kein Wunder, dass uns nichts mehr einfällt. Ich geh jetzt heim – und wenn's recht ist, komm ich morgen Vormittag wieder."

Die beiden Jungen nicken.
„Klar", sagt Max und ich spüre, dass er noch immer grübelt. „Klar ist das recht."
„Kannst du morgen vielleicht früher kommen?", ruft mir Simon hinterher, als ich schon auf der Treppe bin.
„Ich versuch's", rufe ich zurück und renne fast in Max' Mutter.
„Oh nein, du gehst schon? Ich wollte euch doch längst eine kleine Stärkung bringen", sagt sie bedauernd, „aber der Oma ging's bei dieser Hitze gar nicht gut. Deshalb war ich so lange bei ihr drüben."
„Das tut mir leid!", sage ich mitfühlend. „Aber ich muss jetzt nach Hause, ich hab meiner Mutter versprochen, nicht zu spät zu kommen."
„Schade. Grüß sie schön!", sagt Max' Mutter noch, bevor ich zur Haustür hinausflitze.

Ich merke, wie Mama sich freut, als sie mich sieht – und das gleich in doppelter Hinsicht: weil ich ausnahmsweise mal pünktlich bin und weil sie schrecklich neugierig ist.
„Und, was ist herausgekommen?", fragt sie, noch ehe ich die Tür schließen kann.
„Nicht viel", sage ich einsilbig. „Wir sind diesmal Zweite geworden."
Mama wirft mir einen Blick zu, der unschwer zu deuten ist. „Erst soll ich euch helfen, und jetzt speist mich meine Tochter wieder mal mit ein paar Brocken ab – na toll!"
„Wir sind dir ja auch sehr dankbar", sage ich und erzähle doch ein bisschen ausführlicher, weil ich keinen Streit will.
Dann haue ich mich auf mein Bett und warte, bis Mama mich zum Essen ruft.

Sonntag, 17:55 Uhr

„Gold, schwarz, weiß – und einer, der aufgegangen ist ...", wiederholt Simon. „Könnte auch der Marmorkuchen deiner Mutter sein."

Wir grübeln und grübeln.

„Komm, wir drehen eine Runde mit Ferien. Vielleicht fällt uns dabei was ein", schlage ich schließlich vor und schnappe mir die Leine.

Ferien schafft es nach dem Seeabenteuer gerade mal, ein Auge zu öffnen. Begeisterung sieht anders aus!

Wir nehmen den Weg am Tierheim vorbei. Wenn wir schon spazieren gehen, können wir Dreibein und Mops auch gleich abholen.

„Hallo, ihr beiden", begrüßt uns Frau Wellenbrink. „Habt ihr euch etwa im Tag geirrt?"

Verwirrt sehe ich Simon an.

„Hatten wir nicht morgen ab elf Uhr vereinbart? Ihr wolltet doch die Zwinger für die Hunde putzen, damit sie etwas freundlicher aussehen und die Herren vom Amt nicht länger behaupten, unsere Unterkünfte wären nicht gut genug."

Stimmt ja, meine Strafarbeit! Vor lauter Schatzsuchen und Rätselraten hätte ich die fast vergessen.

Bevor sich Frau Wellenbrink wegen der blöden Paragrafenreiter wieder in Rage reden kann, sage ich: „Elf Uhr morgen früh steht natürlich! Wir wollten Mops und Dreibein nur für eine kurze Extrarunde abholen."

In dem Moment kommen die beiden Hunde auch schon um die Ecke, um uns zu begrüßen: Mops – ganz anders als sein Name vermuten lässt – wie immer quirlig und aufgekratzt, Dreibein etwas bedächtiger, aber ebenso erfreut.

„Wir kriegen das schon hin, Frau Wellenbrink, keine Sorge!", sage ich noch voller Zuversicht – die ich eigentlich gar nicht habe – zur Leiterin des Tierheims, schnappe die Hundeleinen und zerre Simon vom Hasenkäfig weg.

Wir marschieren los, überlegen, diskutieren, schweigen, toben mit den Hunden.

Eine Lösung finden wir nicht.

Montag, 7:55 Uhr

Mitten in der Nacht klingelt mein Handy.
„Hallo?“, sage ich verwirrt und schläfrig.
„Max, bist du’s?“
„Wer sonst? Du hast doch schließlich meine Nummer gewählt!“
„Ich bin’s, Anna.“
„Das seh ich. Wie spät ist es?“
„Gleich acht.“
Plötzlich bin ich hellwach.
„Acht? Dann treffen wir uns in einer Stunde?“
„Eben nicht.“
Stille.
„Deshalb rufe ich ja an. Mein Super-Stief-Johnny meint einen auf obercool machen zu müssen. Er will meine Mutter und mich unbedingt entführen!“ Sie klingt ziemlich sauer. „Ich kann nicht kommen.“
„Schade“, sage ich. „Dann kannst du uns ja gar nicht helfen.“
„Meinst du, mir gefällt das?“
Jetzt klingt sie erst recht stinksauer. Aber dafür kann ich nun wirklich nichts.
„Ist dir noch was eingefallen?“, frage ich sie.
„Nein, leider nicht. Kein Superfunken, nicht mal ein Schimmer. Und aus der Geschichte hier komme ich nicht raus. Meine Mutter will unbedingt, dass ich sie begleite, da muss ich wohl mit. Wir fahren gleich. Bis dann!“
Klack. Aufgelegt. Na super.
Und wann, bitte schön, ist „dann“?

Montag, 8:30 Uhr

Ich koche vor Wut. Warum muss dieser Mann sich gerade heute bei uns einschleimen? Auf so etwas falle ich sowieso nicht rein. Und Zeit habe ich dafür auch nicht.

Ich drücke mich hinten in die Ecke seines Superflitzers und schmolle.

„Wenn wir nicht zufällig hier in Urlaub wären, müssten die Jungs das ja auch ohne dich hinbekommen", versucht Mama mich zu besänftigen.

„Wenn er nicht zufällig hierhergekommen wäre, müsste ich jetzt nicht hier sitzen", gebe ich genervt zurück und werfe Johnny einen bösen Blick zu.

Der legt gerade eine CD in seinen Player. „Das ist echt lustig!", sagt er und tut so, als habe er meine Schimpftiraden nicht gehört. „Kennt ihr das?"

Ich bin wild entschlossen, dem Mist, den dieser Typ witzig findet, nicht zuzuhören, und starre aus dem Fenster. Obwohl ich es nicht will, dringen die ersten Worte zu mir durch.

„Der weiße Neger W..."

Na bitte, wer sagt's denn! Dieser Johnny ist doch echt doof. Erstens sagt man „Neger" nicht und zweitens gibt's keine weißen Neger.

„Ach, das ist dieses witzige Ding mit den Verhörern", bahnen sich jetzt Mamas Worte ihren Weg in meine Ohren. „Weißt du, da geht's um lauter Liedtexte, die irgendwer mal falsch verstanden hat", erklärt sie mir.

Und der gute Johnny setzt noch einen drauf und singt lauthals:

„Der Mond ist aufgegangen,
Die goldnen Sternlein prangen
Am Himmel hell und klar;
Der Wald steht schwarz und schweiget,
Und aus den Wiesen steiget
Der weiße Nebel wunderbar."

Ja, werter Herr Klugscheißer, ich hab schon kapiert, dass da in der letzten Zeile mal jemand „Der weiße Neger Wumbaba" verstanden hat. Wirklich sehr witzig.

Nun beginnt Mama auch noch zu singen. „Der Wald steht schwarz … und aus den Wiesen steiget …“
Ich reiße die Augen auf.
„Wie war der Anfang noch mal?“, unterbreche ich sie.
Sie dreht sich um. „Welcher Anfang?“
„Von dem Lied natürlich!“, sage ich ungeduldig.
„Der Mond ist aufgegangen, die goldnen Sternlein prangen …“, singt Johnny.
„Ich brauch mal dein Handy“, sage ich zu Mama.
„Ein ‚Bitte‘ wäre nicht schlecht“, gibt sie zurück.
„Ach“, sagt Johnny, „da fällt mir was ein: Ich hab dir was mitgebracht, Anna.“
Er reicht mir etwas nach hinten. Ich traue meinen Augen nicht.
„Ich hab ein neues von der Firma bekommen“, sagt er. „Wenn du willst, kannst du das hier haben.“
Mein erstes eigenes Handy! Ich quetsche ein „Danke“ über die Lippen, suche Max’ Nummer auf Mamas Handy und gebe sie in meins ein.
„Ja, was gibt’s?“, ruft Max genervt in den Hörer.
„Was ist denn mit dir los?“, frage ich plötzlich bestens gelaunt.
„Ach, du bist es!“ Max’ Stimme klingt jetzt wie immer, vielleicht sogar einen Tick freundlicher.
„Ist Simon bei dir? Wenn ja, stell dein Handy auf ‚Laut‘“, sage ich, „und dann hört mal zu!“

„Kann einer von euch das Lied noch mal aufsagen?“, bitte ich Mama und Johnny.
Süß, die beiden da vorne: Laut und deutlich sprechen sie zusammen Zeile für Zeile.
„Und?“, fragt Max ratlos, nachdem ‚wunderbar‘ verklungen ist.
„… aufgegangen, goldne prangen“, meldet sich Simon aufgeregt zu Wort.
„Wow!“, ruft Max. „Falsche Fährte! Nix russisches Kaiserreich! Der Mond ist aufgegangen!“
„Gebt ihn ein und meldet euch wieder!“, sage ich zu ihnen.
Dann warte ich ungeduldig. Plötzlich ertönt ein mir unbekanntes Geräusch – und es dauert eine Schrecksekunde, bis ich kapiere, dass das mein neues Handy ist.
„Eine gute und eine schlechte Nachricht“, poltert Max’ Stimme los. „Die gute zuerst: Dein Tipp war genial. Wir sind weitergekommen.“
„Und die schlechte?“, frage ich.
„Das Rätsel gibt uns Rätsel auf“, schaltet sich Simon ein.
„Lest mal vor!“, bitte ich die beiden.
„Kann man nicht vorlesen“, kommt es zweistimmig zurück.
Warum das denn nicht? „Könnt ihr es nicht abfotografieren und mir schicken?“ Und dann füge ich hinzu: „Auf dieses Handy, bitte!“
„Okay“, sagt Max, „gleich.“ Dann legt er auf.

Montag, 9:35 Uhr

Na gut, dann fotografieren wir es eben:

Cache-Kids

Herzlichen Glückwunsch. Eure Antwort ist goldrichtig. Löst nun noch das folgende Rätsel und die Koordinaten gehören euch.

Rätsel

Wir => TEVYYR
ERTRAJHEZ
SEBFPU
SYRQREZNHF
VTRY
HUH
SHPUF sind _ _ _ _ _ _ _ _ _ _ _ _ _ _ _ _

Viel Spaß und gute Nacht!

„Was das mit der guten Nacht soll?“, fragt Simon.
Er schaut mich ratlos an, während ich Anna das Rätsel sende.

www.cache-kids.de/raetsel3

Willst du mehr wissen?
Scanne hier!

Montag, 9:40 Uhr

Nach einer gefühlten Ewigkeit meldet sich endlich mein Handy.
Ich rufe sofort das Rätsel auf – und habe dann leider keinen blassen Schimmer, was das Kauderwelsch bedeuten soll. Dachte ich wirklich, ich könnte den beiden mal ganz lässig aus dem Auto den entscheidenden zweiten Hinweis geben? Pustekuchen! Und wieso überhaupt „gute Nacht“? Keine Ahnung ...
„So“, platzt Johnny in meine Gedanken. „Wir sind da!“
Ich schaue aus dem Seitenfenster und sehe jetzt erst, wo wir gelandet sind: auf einem Reiterhof!
„Ich hab einen ganzen Tag für dich gebucht“, verkündet Johnny, als sei es das Selbstverständlichste der Welt. „Nütz ihn aus!“
„Aber Johnny!“, sagt Mama. „Was das kostet! So musst du das Mädchen auch wieder nicht verwöhnen. Erst das Handy, jetzt dieser Reiterhof ...“
Aber Johnny wischt ihre Bedenken einfach mit einer lässigen Handbewegung weg.
Als wir an der Anmeldung stehen, begreife ich erst, was Johnny da für mich organisiert hat! Aber anstatt mich hemmungslos zu freuen, quält mich das schlechte Gewissen – und das auch noch doppelt: erstens weil ich Johnny eigentlich blöd finden möchte und das jetzt nicht mehr so richtig kann und zweitens weil ich gerade die Jungs im Stich lasse.
Ich ziehe mich schnell um, denn als erstes steht ein Geländeritt auf dem Programm. Auf dem Rücken von Baghira, einem wirklich wunderbaren Pferd, arbeitet mein Gehirn immer noch auf Hochtouren. Ich kann es einfach nicht abstellen.
Sobald wir von dem Ausritt zurück sind und eine kleine Pause vorgesehen ist, frage ich nach Papier und einem Stift. Dann schreibe ich mir die Wörter auf und versuche, irgendein System in dem Kuddelmuddel aus Buchstaben zu finden. Leider ohne Erfolg.
Nach einer Weile beginnt meine nächste Einheit: Ich darf auf Gaitano, einem anderen Pferd, voltigieren. Für eine Stunde vergesse ich, dass es Geocaching gibt – so sehr muss ich mich konzentrieren.
Danach geht's in den Stall – was gar nicht so schlecht ist, denn beim Ausmisten und Pferdestriegeln kann man wieder gut nachdenken.

Als ich gerade eine besonders schwere Schaufel voll Pferdeäpfel in die Schubkarre hieve, habe ich plötzlich eine Eingebung: Bestimmt sind die Buchstaben durcheinandergeraten wie bei den Purzelwörtern in der Grundschule! Ich weiß noch, wie stolz ich damals war, als ich aus EIFERN die FERIEN gezaubert hatte. Das muss ich den Jungs gleich durchgeben. Ich schicke ihnen eine Nachricht:

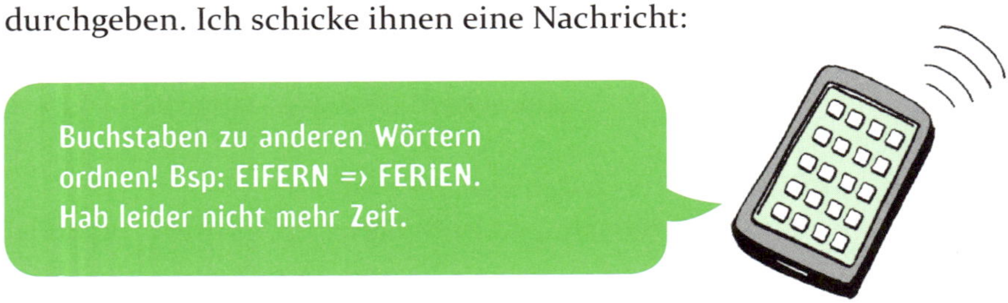

Die Fohlentaufe, an der ich am Ende noch teilnehmen darf, ist der absolute Höhepunkt des Tages. Danach werde ich schon wieder unruhig. Warum schreiben die mir nicht? Sie könnten mir ja wenigstens eine klitzekleine Botschaft senden! Ich überlege, ob ich anrufen soll. Aber zur Nervensäge will ich ganz bestimmt nicht werden. Auf jeden Fall bin ich jetzt sicher, dass die Jungs weitergekommen sind. Bestimmt haben sie längst die Koordinaten gefunden und schauen gerade beide ins GPS. Oder noch schlimmer: Sie sind schon unterwegs zum nächsten Cache!
Der Gedanke ärgert mich total.
Und dann ärgere ich mich, dass ich mich ärgere.

Montag, 16:40 Uhr

„Oh Mann, sind wir blöd!", sage ich zu Simon, der mit mir die Wände im Pfotenglück putzt. „Die Typen vom Wettbewerb haben den bekanntesten Geocaching-Code genutzt, den es gibt, und wir zwei Idioten haben es nicht kapiert!"
Ich schlage mir mit der Hand vor die Stirn. Es macht ein fürchterlich schmatzendes Geräusch. Verflixt, ich habe die dreckigen Gummihandschuhe noch an! Angewidert schleudere ich die Handschuhe ins Zwingereck.
„Wovon sprichst du?", fragt Simon.
„Von ROT 13!"
In der nächsten Sekunde kramt Simon sein Handy hervor und prüft meine Idee. „Bingo!"
Freudestrahlend hält er mir das Display vor die Nase. Und wirklich: Das Wörterchaos löst sich in eindeutige Begriffe auf.
„Die sind alle nachtaktiv", sage ich. „Jetzt könnten wir eingeben."
„Das fände ich irgendwie unfair", sagt Simon. „Wir sollten auf Anna warten."

Montag, 16:45 Uhr

Als der Reiterhof-Tag vorüber ist, bin ich einerseits traurig, andererseits aber auch erleichtert.
„Und, wie hat's dir gefallen?“, will Mama sofort wissen.
„Gut“, sage ich, weil es die Wahrheit ist.
„Ist das alles?“, fragt sie enttäuscht.
„Lass sie doch!“, meint Johnny. „Sie hat doch gesagt, dass es gut war.“
Um ein Haar hätte ich ihm einen freundlichen Blick geschenkt.
„Wollen wir noch was essen gehen?“, fragt er. „Ich habe jedenfalls einen Bärenhunger nach unserer langen Wanderung.“
„Nein, auf keinen Fall!“, antworte ich, bevor Mama etwas dazu sagen kann, und ernte den nächsten tadelnden Blick von ihr. Dann erklärt sie Johnny entschuldigend, dass ich leider vom Geocaching-Fieber befallen bin und jetzt unbedingt meine Jungs wiedersehen will.
Zum Glück gibt Johnny gleich nach. Auf dem Weg zu seinem Auto meldet sich mein Handy.

Waren auf dem Holzweg. Sind der Lösung jetzt aber sehr nah. Wann kannst du hier sein?

„Wie lange brauchen wir noch?“, frage ich in Richtung Johnny, und er sagt mir, dass das Navi von 57 Minuten ausgeht.

Angeblich 57 min. BITTE warten!

Den Rest der Fahrt döse ich vor mich hin. In meinem Kopf fahren alle möglichen Wesen Karussell: Baghira, Max, Mama, Johnny, Simon …
„So!“ Verflixt, ich muss eingeschlafen sein! Johnny reißt mich aus einem Traum, in dem ich mit Max zusammen einen Ausritt mache und einen wunderbaren Cache finde …
„Und bleib nicht so lange!“, ruft Mama mir nach, als ich, ohne zu fragen, einfach loslaufe.

Montag, 17:40 Uhr

Gerade haben wir den PC hochgefahren, als es läutet.
„Und?“, ruft Anna schon von der Treppe aus und stürmt zu uns hoch.
„Nichts und!“, sagt Simon. „Du hast uns auf eine völlig falsche Spur gebracht.“
Ihr Lächeln verschwindet.
„Aber wir haben die Lösung“, schiebe ich sofort hinterher.
„Komisch“, sagt Anna. „Ich war mir so sicher ...“
Ich erkläre Anna kurz, was es mit ROT 13 auf sich hat. „Das konntest du natürlich nicht wissen“, sage ich. „Kannst du aber alles im Internet nachlesen.“
Dann tippe ich „nachtaktiv“ in den Computer.
Eine neue Seite öffnet sich und gibt endlich die Koordinaten frei, die wir dann auch gleich ins GPS eintippen.
„Nach dem See geht's nun zum Reh“, reimt Simon, als er die Karte auf dem Display sieht.
„Stimmt“, sage ich, „der Startpunkt ist am Rand vom Koschinger Wäldchen. Wie passend für einen Nachtcache!“
„Ein Nachtcache?“, fragt Anna und die Augenbraue schießt dabei in die Höhe. „Heißt das, wir müssen schon wieder im Dunkeln raus?“
„Sie ist ganz schön clever, was?“, sagt Simon. „Nachtcache könnte tatsächlich etwas mit Nacht zu tun haben.“
Das war wohl zu viel. Anna explodiert wie eine Wasserbombe.
„Wenn du so oberschlau bist, dann kannst du mir vielleicht auch verraten, wie ich meiner Mutter beibringen soll, dass ich mit euch beiden nachts in den Wald will!“, faucht sie alles andere als leise zurück. „Ich bin sicher, sie wird Luftsprünge machen!“
„Nun fahrt mal beide eure Krallen ein. Der Tag war für uns alle anstrengend. Ich hab jetzt keinen Bock auf Zoff“, fahre ich sie genervt an. „Wenn wir das Tierheim retten wollen, müssen wir uns zusammenreißen. Ich habe nicht den ganzen Tag die blöden Wände geputzt, um sie dann abreißen zu lassen.“
Simon und Anna schauen mich nur an.

„Was brauchen wir denn alles?", fragt Anna schließlich.
„Taschenlampen und Ersatzbatterien, das GPS-Gerät und die übliche CGA", zähle ich auf. „Ferien nehmen wir auch mit. Er muss zwar an der Leine bleiben, aber sicher ist sicher."
„Die CGwas?", fragt sie nach.
„Die CGA ist die sogenannte Cacher-Grundausstattung. Wer ein bisschen Verstand besitzt, hat das meiste automatisch dabei. Es fängt an mit festen Schuhen mit Profil und robuster Kleidung. GPS-Gerät ist klar, manche scheitern allerdings, weil sie Ersatzbatterien vergessen."
Anna lauscht aufmerksam.
„Ein Taschenrechner für knifflige Aufgaben kann nicht schaden. Dank Handy allerdings kein Thema. Zettel und Stift lohnen sich ebenfalls, denn du musst dir oft Ziffern notieren oder in die Logbücher schreiben. Bei diesem Wettbewerb entfallen Logbücher und die Dinge zum Tauschen. Normalerweise haben Simon und ich immer ein paar Spielzeugautos oder Flummis dabei, falls wir eine etwas größere Dose finden und was Spannendes zum Tauschen drin ist."
„Was wird denn getauscht? Und warum?", fragt Anna.
„Schatzsuche ohne Schatz ist wie Kirschkuchen ohne Kirschen. Deshalb legen die Besitzer der Caches zu Beginn ein paar Kleinigkeiten in die Dose. Keine wertvollen oder gefährlichen Dinge, eher so was wie Schlüsselanhänger oder Flummis eben. Rausnehmen darf man sich aber nur etwas, wenn man auch wieder etwas Gleichwertiges reinlegt. Sonst müsste einer allein ständig Geld ausgeben und die Box auffüllen."
Während ich Anna das alles erkläre, krame ich in meiner Schreibtischschublade.
„Hier, sieh mal", sage ich und zeige ihr eine riesige Murmel. „Die habe ich aus einem Cache genommen. Und zum Tausch ein Spielzeugauto reingelegt."
Ich reiche Anna die blaue Glaskugel. Sie nimmt sie behutsam, hält sie gegen das Licht und betrachtet fasziniert die grünen Fäden, die sich wie Nebel durch die Murmel ziehen.
„Auf jeden Fall gehören zur CGA noch Taschentücher, ein kleines Erste-Hilfe-Set, eine Taschenlampe, ein Teleskopspiegel und eventuell Gummihandschuhe, falls es mal richtig dreckig wird", meldet sich nun

auch Simon zu Wort.
„Jeder Cacher hat da so seine eigenen Tricks und Geheimwaffen, die er mitnimmt. Bei uns ist es zum Beispiel Ferien“, sage ich noch und streichle meinem Liebling durchs weiche Fell.
„Eine UV-Lampe könnte auch nicht schaden“, ergänzt Simon. „Mein Vater hat so ein Ding für seine Briefmarken.“
„Okay“, sage ich, „dann schlage ich vor, dass wir uns jetzt trennen und uns um halb zehn am Waldrand wieder treffen. Ich muss mit Oma und meinen Eltern heute zu Abend essen, da komme ich nicht drum rum. Außerdem wollte ich die Nachtcache-Hinweise noch ausdrucken. Simon, du besorgst die UV-Lampe. Und steck auch deine Stirnlampe mit ein. Es schadet nicht, beide Hände frei zu haben und trotzdem was zu sehen.“
Simon nickt.
„Und ich?“ Anna sieht mich fragend an.
„Du organisierst eine Taschenlampe und überzeugst deine Mutter, dass du mitgehen darfst. Das ist Aufgabe genug.“

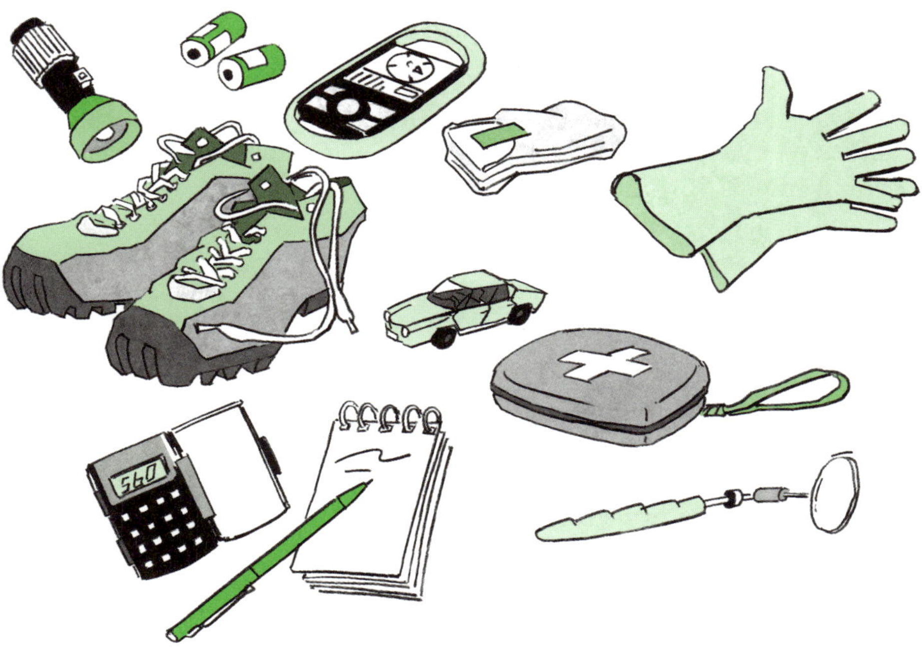

Montag, 19:00 Uhr

Auf dem Heimweg überlege ich fieberhaft, wie ich Mama überzeugen kann. Auf keinen Fall werde ich wieder heimlich ausbüxen! Als ich in der Pension ankomme, sitzt sie mit Johnny auf dem Balkon. Beide haben ein Glas Wein vor sich und die Stimmung ist total entspannt.
„Und?", fragt Mama. Auch Johnny sieht mich erwartungsvoll an.
„Dank eures Liedes haben die Jungs das Rätsel um die Koordinaten geknackt", sage ich und versuche, richtig viel Begeisterung in meine Stimme zu legen. „Und diesmal ist was ganz Besonderes rausgekommen: ein Nachtcache!"
„Aha", sagt Mama und schüttelt verständnislos den Kopf. „Und was soll das sein?"
„Wahrscheinlich so was wie eine Nachtwanderung", schaltet Johnny sich ein, „nur mit Cachen." Dann wendet er sich mir zu. „Deine Mutter hat mir gerade über dein neues Hobby berichtet. Das hätte mir früher auch Spaß gemacht. Klingt ja alles echt abenteuerlich!"
Ich lächele ihn nett an. „Wir haben uns übrigens für halb zehn verabredet", sage ich dann wie nebenbei in Mamas Richtung, so als sei diese Zeit der selbstverständlichste Date-Termin der Welt.
„Wie, du willst heute Abend noch mal los?", fragt Mama.
„Muss ich ja", gebe ich zurück, „sonst finden die den Cache noch ohne mich. Oder sie finden ihn gar nicht. Und was soll dann mit dem Tierheim werden?"
Ich spüre, wie Mama hin- und hergerissen ist.
„Ist doch klasse, dass deine Tochter so unternehmungslustig ist", mischt Johnny sich ein, „viel besser als nur vor dem Fernseher oder Computer zu sitzen."
„Du meinst …", fängt Mama an.
„Klar", antwortet Johnny lächelnd, „sind doch zwei starke Kerle dabei."
„Anna", sagt Mama jetzt zu mir, „du musst mir versprechen, vorsichtig zu sein. Und wenn irgendetwas ist – du hast ja jetzt ein Handy. Ruf sofort an, wenn es brenzlig wird!"
„Klar!" Ich nicke so heftig, dass mir fast schwindelig wird, und kann mein Glück kaum fassen. Und wem habe ich es zu verdanken? Ich grin-

se Johnny schief von der Seite an und der erwidert meinen Blick mit einem aufmunternden Kopfnicken.
Den Rest des Abends verbringen wir zu dritt mit Scrabble. Das ist zwischen Mama und mir der gemeinsame Nenner von ihrer Kreuzworträtsel-Sucht und meiner Freude am Vorausdenken. Johnny gibt ehrlich zu, dass er so etwas noch nie gespielt hat, und legt Wörter wie „dein", „nett" und „Hase".
Als ich gerade über einem Wort mit x, y und z brüte, fällt mein Blick auf die Uhr: Es ist kurz vor halb zehn!
Ich springe auf, verkünde lauthals: „Ich nehme die Taschenlampe mit", und stecke dann Mamas Super-Leuchte in meinen Rucksack.
„Tschüss!", rufe ich noch und bin draußen.

Die Jungs erwarten mich schon. Ferien wuselt um meine Beine und freut sich sichtlich über meine Ankunft.
„Hat also geklappt!", stellt Max fest. Auch er scheint sich zu freuen.
„Na klar", sage ich und hole die Taschenlampe aus dem Rucksack.
„Batterien sind drin?", fragt Simon.
„Akkus", sage ich knapp.
Dann starren wir alle auf das GPS.
„Wenigstens kein Rätselraten um die Startkoordinaten", reimt Simon plump und geht als Erster los.
Der Weg zum Wald ist nicht weit. Als wir dort ankommen, richtet Simon die Taschenlampe leicht in die Höhe und schwenkt sie dann bei jedem weiteren Schritt wie suchend hin und her.
Ich muss an die anderen Cacher-Teams denken. Ob da vielleicht noch welche heute Nacht unterwegs sind? Ob die hier irgendwo lauern? Ich versuche, auf menschliche Geräusche zu achten. Aber ich höre nur unsere Schritte auf dem Waldboden.
Wir sind nicht lange gelaufen, da leuchtet etwas im Dunkeln.
„Genau bei den Startkoordinaten!", platzt Simon heraus. „Leider nicht die Farbe von Tomaten!"
„Rot wäre ein Zeichen dafür, dass wir am Ziel sind", klärt Max mich von hinten kurz auf. „Dieser Reflektor ist weiß, was nichts anderes heißt, als dass wir auf dem richtigen Weg sind. Stand noch als Hinweis auf der Homepage."
Wir folgen dem Weg und den weißen Reflektoren in den Wald hinein.
„Da!" Simon fuchtelt mit der Lampe.
In etwa zwei Metern Höhe leuchtet es wieder und zwar mitten an einer Weggabelung. Diesmal in Orange.
„Jetzt wird's spannend", sagt Max. „Bei orangefarbenen Reflektoren muss man nämlich einen Hinweis suchen."

Montag, 22:10 Uhr

Ich fange an, mich umzusehen. Anna dagegen steht reglos mitten auf der Wegkreuzung.
„Was ist?“, frage ich leise.
„Ich weiß nicht, nach was ich suchen soll“, flüstert sie zurück.
„Das weiß man nie so genau. Schau dich einfach um und versuche, etwas zu finden, was hier nicht hingehört oder auffällig erscheint. Ein Steinhaufen, ein Vogelhäuschen mit verklebtem Einflugloch, irgendetwas in der Art.“
Simons Lichtkegel leuchtet aus einem Gebüsch herüber. „Nichts zu entdecken in den Hecken“, gibt er Rückmeldung.
„Kein Wunder, du bist zu weit vom Weg entfernt“, verpasse ich ihm einen kleinen Anschiss. „Komm raus, du störst nur die Tiere!“
Simon müsste eigentlich wissen, dass man beim Cachen nie so weit vom Weg abgehen soll. Es ist Cacher-Ehre, die Natur zu schützen! Aber manchmal geht der Suchinstinkt einfach mit ihm durch.
„Ich glaub, ich hab hier was!“, wispert Anna in diesem Moment aufgeregt.
Sie steht am Wegrand und hält etwas in ihren Händen. Wir stellen uns zu ihr und leuchten mit allen drei Lampen auf ein laminiertes Eichenblatt. Anna liest vor, was mit einem weißen Stift darauf notiert wurde:

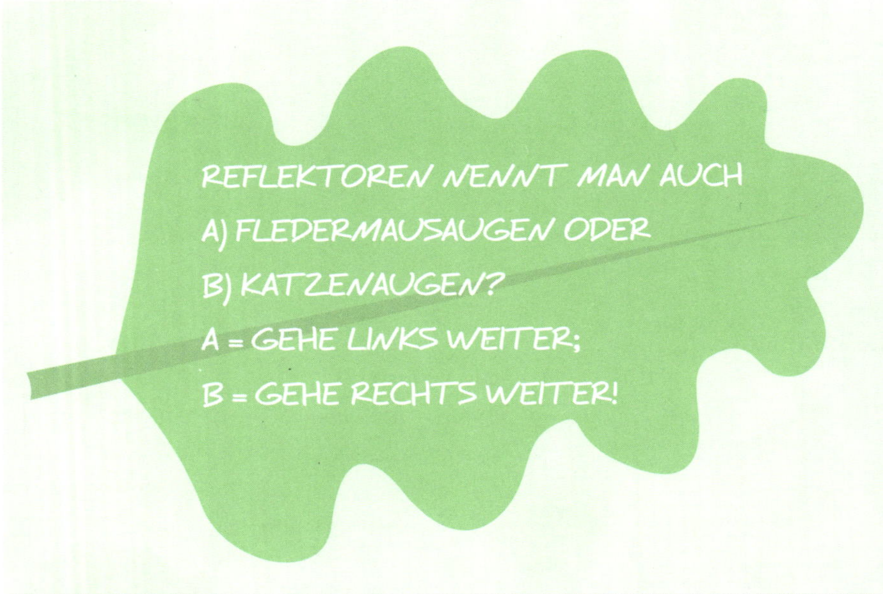

Sie dreht das Blatt um und liest weiter: „Mehr Infos findet ihr unter www.cache-kids.de."

„Fledermäuse orientieren sich in der Nacht durch Echoortung. Das hat nichts mit Licht zu tun. Katzenaugen hingegen reflektieren das Licht, verstärken damit das Restlicht und leuchten deshalb auch auf, wenn man sie anstrahlt. Ich bin für B", antworte ich auf die Frage.

„Ich auch", sagt Simon. „Die Reflektoren am Fahrrad heißen Katzenaugen. Also rechts rum."

Anna nickt und hängt das Blatt wieder in den kleinen Baum, in dem sie es gefunden hat.

Wir folgen dem Weg nach rechts und entdecken schon bald die nächsten weißen Reflektoren.

„Da hat sich jemand wirklich Mühe gemacht", kommentiere ich. „Die Dinger sind echt gut zu finden, wenn man auf dem richtigen Weg ist."

Schon bevor wir die Kreuzung sehen, wissen wir, dass eine weitere Weggabelung kommt, denn der orangefarbene Reflektor leuchtet uns bereits entgegen. Dieses Mal finden wir die Fragen in einem Tannenzapfen, der an einer Eiche hängt.

FRÖSCHE UND LURCHE SIND NACHTAKTIV, WEIL

A) DAS SONNENLICHT SIE ZU SEHR BLENDET,

B) SIE IHRE BEUTE NACHTS BESSER FANGEN KÖNNEN ODER

C) ES ZU ANSTRENGEND IST, DIE KÖRPERTEMPERATUR BEI TAGESLICHT ZU REGULIEREN?

A = LINKS RUM, B = GERADEAUS, C = RECHTS GEHT ES WEITER.

Bevor Simon und Anna auch nur die geringste Chance haben, über die Frage nachzudenken, kläre ich sie über den Wärmeausgleich von Amphibien im Allgemeinen und den von Fröschen und Lurchen im Speziellen auf.
„Das heißt, dass wir wieder nach rechts müssen", fasse ich zusammen.
„Au …", hören wir es plötzlich hinter uns leise fluchen.
Erschrocken sehen wir uns an.
„Pass halt auf … hinläufst … Idiot … Los!"
Bruchstücke einer Antwort werden vom Wind zu uns herübergetragen. Wir knipsen die Taschenlampen aus.

„Da ist noch ein anderes Cacher-Team", flüstere ich.
„Lasst uns schnell weitergehen!"
„Sollen wir den Tannenzapfen so verstecken, dass er schwieriger zu finden ist?", fragt Anna. „Dann haben wir einen Vorsprung."
Ein verlockender Gedanke! Trotzdem wispere ich zurück: „Nein, pack ihn genau dahin, wo du ihn gefunden hast! Wenn wir gewinnen, dann ehrenvoll, und nicht, weil wir betrügen."
„Max hat leider recht", stimmt mir Simon zu. „Man muss einen Cache oder Hinweis immer wieder genau da platzieren, wo man ihn gefunden hat. Das ganze Spiel funktioniert sonst nicht, auch wenn mir jetzt gerade andere Regeln lieber wären."
„Am besten leuchten wir nur noch mit einer Lampe und verhalten uns so leise wie möglich", flüstere ich. „Los, beeilen wir uns!"

Der restliche Weg ist eine echte Zerreißprobe für unsere Nerven: leuchten, suchen und immer wieder die Stimmen der anderen im Nacken. Nach etlichen weißen und insgesamt sechs orangefarbenen Reflektoren haben wir es geschafft. An einem dicken Baumstamm leuchtet uns ein X aus fünf roten Reflektoren entgegen! Die Stimmen sind schon seit Längerem nicht mehr zu hören. Das lässt hoffen.

„Und jetzt?", fragt Anna.

„Jetzt heißt es, Dose oder Hinweis suchen", antwortet Simon und stöbert los.

„Hier, seht mal!", rufe ich die beiden flüsternd zu mir. „Am Fuße des Baumes liegt ein Stein, auf dem GC eingraviert ist."

Wir lauschen erst noch einmal den Geräuschen der Verfolger, hören nichts und wagen es nun, das Fundstück zu erforschen.

Im Boden des Steins ist eine Platte eingearbeitet, die sich lösen lässt. Heraus fällt ein Röhrchen mit einem laminierten, länglichen Zettel.

„Dunkel ist die Nacht ohne Sonnenlicht. Doch ganz ohne Macht ist der Finder nicht", lese ich vor.

„Hey, Simon, warst du das?", fragt ihn Anna grinsend.

Ich lese weiter: „Nutz das schwarze Licht, wenn es dir gefällt. Das Geheimnis bricht, welches das Ziel enthält."

„Was soll das denn? Nutz das schwarze Licht?" Annas Augenbraue schnellt auf die Höhe des letzten Reflektors.

„Die UV-Lampe!" Simon hüpft auf und ab. „Schwarzes Licht, Schwarzlicht, UV-Licht. Wartet, das haben wir gleich!"

Geräuschvoll kramt er in der Tasche. Und tatsächlich! Das blaue Licht gleitet über die Rückseite und enthüllt eine Geheimschrift:

GEHE 25 METER NACH SÜDEN,

DANN 8 METER NACH WESTEN UND

DANN 3 METER NACH SÜDWESTEN.

LASSE DIE ZAHLEN DICH LEITEN ZUM ERFOLG!

„Wie sollen wir das denn machen ohne Koordinaten?", fragt Anna enttäuscht.
„Ganz einfach. Wir könnten das mit dem GPS genau einstellen. Machen wir aber nicht", sage ich.
„Aha", sagt Anna. „Und was machen wir?"
„Wie lang ist einer deiner Schritte", frage ich geduldig, während Simon das Röhrchen wieder ordentlich verstaut.
„Keine Ahnung", antwortet Anna.
„Meine sind circa einen Meter lang. Also brauchen wir nur unseren Kompass im GPS aktivieren und 25 Schritte nach Süden, acht nach Westen und drei nach Südwesten machen. Das spart Zeit! Wer weiß, wo die anderen schon sind."
Wir marschieren mit großen Schritten erst nach Süden und dann nach Westen und stehen plötzlich am Wegesrand vor einigen Baumstämmen.
„Noch drei Meter Richtung Südwesten!", gibt Simon an.
Ich mache drei große Schritte und stehe vor einer Eiche.
„Seht mal, hier hängt was!", sagt Anna.
Auf der Rückseite hängt ein Holzkasten, so groß wie ein Vogelhäuschen. Ein kleines Zahlenschloss verschließt die Klappe.
„Mist!", sagt Simon. „Hat jemand von euch auf dem Weg oder in der Internetbeschreibung etwas von einem Zahlencode gelesen?"
Anna grinst. „Oh Mann! Geht mal zur Seite!"
Simon und ich machen einen Schritt, ohne zu wissen, warum.
„Sorry, aber ihr habt auf der Leitung gestanden", sagt sie. „Es hieß doch: Lasst euch von den Zahlen leiten. 25 Schritte, 8 Schritte, 3 Schritte. Der Code lautet 2583."
„Unser Mathe-Genie hat's mal wieder geschafft!"
Simon schraubt an dem Schloss herum und wenige Sekunden später springt es auf. Im Kasten finden wir eine Kurbel. Sie bewegt ein durchsichtiges Seil, das uns an die Angeln von Simons Vater erinnert. Zur Belohnung darf Anna die Kurbel bedienen.
„Da kommt was!", flüstert Simon aufgeregt.
Mit dem Kopf im Nacken beobachten wir ein Tarnnetz, das aus der Baumkrone herabschwebt.
Darin befindet sich eine kleine Box mit dem Code.

Montag, 22:25 Uhr

Gespannt schaue ich auf das, was sich vor unseren Nasen Zentimeter um Zentimeter herabsenkt. Dann stürzen sich die Jungs gleichzeitig auf die kleine Box, während ich die Taschenlampe übernehme und den Lichtschein darauf richte.

„Der Zettel mit dem Code!", japst Max. „Aber da steht nichts drauf ..."
Er sieht den Zettel ungläubig an.

„Das kann nicht sein", mischt Simon sich nun ein. „Zeig mal her!"
Er nimmt Max das Papier aus der Hand, dreht es nach links, rechts, oben und unten.

„Verdammt!", ruft Max plötzlich. „Nachtaktive Tiere, Katzenaugen – das schreit ja schon wieder nach ..."

„... Simons UV-Lampe!", ergänze ich.

Kurze Zeit später umgibt gespenstisches blaues Licht den Zettel und wir sehen endlich den Code. Simon beleuchtet ihn mit der UV-Lampe, ich sichere die Kurbel und das heruntergelassene Netz und Max fotografiert. Dann hinterlassen wir alles so, dass es die Cacher nach uns mindestens so schwer haben wie wir.

„Schade eigentlich", flüstert Simon.

Max und ich sehen ihn überrascht an.

„Eingabe erst am Morgen", quetscht Simon hervor, „da bleiben uns die Sorgen."

„Jungs", sage ich, „Jammern gilt nicht. Wir gehen jetzt ins Bett und treffen uns morgen pünktlich zum Eingabestart bei dir, Max."

So vorsichtig wie möglich schleichen wir hintereinander durch das Wäldchen. Simon und Max begleiten mich nach Hause.

Todmüde quäle ich mich die Stufen der Pension hoch und öffne die Tür zu unserem Zimmer.

„Na also", tönt Johnny gut gelaunt, „da ist sie ja! Dann werde ich mal gehen." Er gibt Mama ein Küsschen, winkt mir noch kurz zu und verzieht sich sofort.

„Wo schläft er denn?", frage ich und fühle mich ein kleines bisschen schuldig, weil er jetzt ganz bestimmt nur meinetwegen geht.

„Zwei Häuser weiter", sagt Mama. Aber in ihrer Stimme ist nicht der leiseste Vorwurf.

Dienstag, 8:00 Uhr

Am nächsten Morgen bin ich todmüde und hellwach zugleich: Mein Körper möchte weiterschlafen, aber mein Kopf will den Code eingeben! Während des Frühstücks erzähle ich Mama noch mal alles von gestern Abend und dass uns jetzt nur noch ein einziger Cache fehlt. Dann renne ich los.

Gleichzeitig mit Simon komme ich vor Max' Haus an. Er wirft mir bloß einen verschlafenen Blick zu und haut mir weder einen Reim noch einen coolen Spruch um die Ohren. Wie es scheint, ist er noch müder als ich.

Max erwartet uns bereits oben in seinem Zimmer, den Computer hat er schon hochgefahren.

„Schlafen wäre eine echte Alternative“, grummelt er.

„Los!“, sagt Simon und zeigt auf die Wanduhr über Max' Schreibtisch. Tatsächlich, die Eingabezeit beginnt exakt jetzt!

Eilig ruft Max den Code auf seinem Handy auf und gibt ihn bei www.cache-kids.de ein. Dann starren wir alle drei gebannt auf den Bildschirm. Es vergehen gefühlte 100 Sekunden bis die neue Aufgabe erscheint.

Cache-Kids

GRATULATION! Ihr habt die dritte Station erfolgreich gefunden. Es war bisher

0 Geocacher-Team

schneller als ihr. Noch immer ist nichts entschieden. Löst folgendes Rätsel und begebt euch zum letzten Mal auf Schatzsuche. Viel Spaß und Erfolg! ›››

Cache-Kids

Was du hier siehst, haben Menschen vor mehr als 10.000 Jahren an die Wände von Höhlen gemalt. Leider sind ein paar Brocken aus der Wand gebrochen. Wenn du sie richtig zusammensetzt, ergibt sich ein Gesamtbild, auf dem du drei Ziffern erkennen wirst. Ergänze die Koordinate um diese drei Ziffern, und schon weißt du, wo es hingeht.

Willst du mehr wissen?

www.cache-kids.de/raetsel4

Scanne hier!

Ich sehe nur Striche und Punkte. Wahrscheinlich muss ich die Dinger in meinem Hirn drehen, um weiterzukommen. Mist, das ist gar nicht so einfach!
Leider scheinen auch Max und Simon auf diesem Gebiet keine Helden zu sein. Wir sehen uns ratlos an.

„Oh Mann, da sind andere bestimmt schneller!“, sage ich.
Plötzlich klopft es an der Zimmertür.
„Herein!“, ruft Max ungehalten.
In der Türöffnung erscheint nicht Frau Moosbacher, sondern ein Mann, den ich noch nicht kenne.
„Oh, Damenbesuch!“, sagt er. „Wie gut, dass ich geklopft habe.“
Max verdreht die Augen. Dennoch lässt er sich dazu herab, mir den Unbekannten vorzustellen. „Mein Vater“, sagt er knapp.
„Ich wollte eigentlich mal sehen, was deine Urtierchen machen“, erklärt Herr Moosbacher den Grund seines Besuches.
„Im Moment haben wir andere Sorgen als Urtierchen-Besichtigungen“, sagt Max.
„Um was geht's denn?“, fragt sein Vater.
„Um das da!“ Max wedelt mit der Hand in Richtung Bildschirm.
Sein Vater beugt sich vor, liest, schüttelt den Kopf und sagt: „So kann das ja wohl keiner. Wieso druckt ihr das nicht aus?“
Wir sehen uns an. Warum sind wir da nicht von allein draufgekommen.
„Ach ja, manchmal sieht man den Drucker vor lauter Staubfilm nicht“, sagt Herr Moosbacher grinsend und geht wieder nach unten.
Max gibt eilig den Druckauftrag ein und dann schnappen wir uns Scheren und schneiden die Bilder sorgfältig aus. Was danach folgt, ist ein Puzzle der extremen Art. Ich verliere jegliches Zeitgefühl. Ich will nur einfach die Koordinaten möglichst schnell finden. Und irgendwann haben wir es tatsächlich geschafft: Vor uns liegt eine komplettes Höhlenbild.
„Wow!“, sagt Max und pustet durch die Zähne.
Wir überprüfen noch mal, ob alles stimmt, und geben dann die Koordinaten ins GPS ein.
„Ich glaub's nicht!“, stößt Max hervor. „Eine Bergtour. Eine richtige Bergtour!“

Dienstag, 9:45 Uhr

„Wie jetzt, Bergtour?“, fragt Simon, ganz der Sport-Muffel, entsetzt.
„Die letzte Dose ist ziemlich weit weg. Ohne Auto kommen wir dieses Mal nicht hin“, stelle ich fest.
„Ach so“, sagt Simon erleichtert. „Auto klingt gut. Dachte schon, ich soll mit euch wandern.“
Sein Lächeln findet den Weg zurück in sein Gesicht.
„Jetzt hör doch erst mal zu!“, rede ich weiter. „So wie es aussieht, ist er in der Nähe von Mankertshofen. Aber nicht unten im Ort, sondern weiter Richtung Alpen. Da oben gibt es einen Klettersteig.“
Schwups, weg ist das Grinsen. Dafür lächelt Anna umso breiter.
„Ist das etwa der ‚Klausen-Stieg‘?“, fragt sie.
„Äh, ja“, sage ich überrascht. „Woher kennst du den denn?“
„Ich klettere seit Jahren“, sagt sie.
„Klar, und ich bin Profi-Golfer!“, entgegnet Simon.
Anna seufzt. „Bei mir stimmt es aber wirklich! Seit ich sieben bin, hänge ich in der Wand.“
„Sicher! In Berlin! Wer's glaubt, wird selig“, stichelt Simon weiter.
„Nur weil ihr die Berge direkt vor der Tür habt, seid ihr nicht die Einzigen, die gerne klettern! Ja, auch in Berlin kann man klettern, und ich verwette das Taschengeld eines gesamten Jahres, dass ich bereits oben am Gipfelkreuz ankommen würde, während du noch die Wanderstiefel zuschnürst!“
Simons Kinnlade klappt nach unten.
„Schluss jetzt!“, rufe ich. „Die letzte Dose werden wir auch noch gemeinsam heben. Da gibt es kein schneller oder langsamer. Das ist wahrscheinlich der schwerste Cache von allen, also reißt euch gefälligst zusammen!“
„Amen!“, sagt Simon und tut dann etwas, womit ich nie gerechnet hätte: Er reicht Anna die Hand.
„Tschuldige“, nuschelt er kaum hörbar.
Sie schlägt ein und entschuldigt sich ebenfalls. Sehr schön!
Nachdem das Gewitter in meinem Zimmer sich verzogen hat, erzählt Anna uns von ihrem Hobby und dass sie sogar ihre Ausrüstung dabei

hat. „Meine Mutter und ich hatten uns diesen Klettersteig schon vor dem Urlaub rausgesucht. Da ist ein Wanderweg bis zu einer Alm. Erst danach wird es steiler, bis man zu einer Höhle kommt. Das eigentliche Anseilen beginnt erst einige Meter weiter oben."

Respekt, denke ich. Offenbar weiß Anna über diese Gegend besser Bescheid als wir.

„Das Rätsel ist eine Höhlenmalerei. Der Cache sollte also irgendwo dort in der Nähe sein", überlege ich laut.

„Heißt das, wir müssen nicht klettern?", fragt Simon hoffnungsvoll.

„Keine Ahnung, mit etwas Glück nicht", antwortet Anna.

„Es ist schon kurz vor zehn, wir dürfen keine Zeit verlieren", werfe ich ein. „Und wir müssen noch ein Auto organisieren!"

„Vielleicht kann ich meine Eltern überreden, mit uns eine Tour in die Berge zu machen", schlägt Simon vor.

Dienstag, 12:15 Uhr

Simons Eltern haben sich tatsächlich spontan bereit erklärt, mitzukommen. Laut Simon war sein Vater sofort hellauf begeistert, dass er wieder mal den Abenteuer-Papa geben darf. Diesmal eben nicht als Angler, sondern als Bergführer. Max' Mutter wiederum passt so lange auf die Zwillinge auf. Und meine Mutter und Johnny haben es sich nicht nehmen lassen, auch mit von der Partie zu sein.

Jetzt haben wir den ersten Teil der Wanderung schon hinter uns und die Erwachsenen lassen uns tatsächlich allein ziehen! Natürlich nur, nachdem wir hoch und heilig versprochen haben, nicht vom Weg abzuweichen und uns auch sonst nicht in Gefahr zu begeben.

„Eines sag ich euch", beginnt Max und klingt dabei wie mein Klassenlehrer, wenn er Ansprachen hält, „in die Höhle werden wir nicht kriechen. Ich halte meine Versprechen."

„Er gibt den Belehrer, dein cooler Verehrer", reimt Simon.

„Da hinten!" Max scheint Simons peinlichen Spruch ignorieren zu wollen. Jedenfalls fuchtelt er wie wild mit dem Zeigefinger, bis auch ich die Höhle am Ende des Weges erkennen kann.

Die letzten Meter müssen wir hintereinander zurücklegen, weil der Weg immer schmaler wird. Als wir endlich vor dem Höhleneingang stehen, klopft mein Herz vor Anstrengung und Aufregung gleichzeitig. Dann sehe ich das kleine Schild:

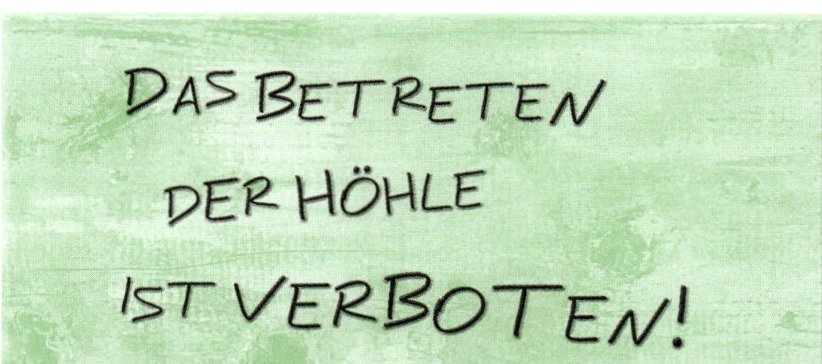

War ja klar, dass die so was Gefährliches nicht von uns verlangen.
Max und Simon suchen sofort mit ihren Augen den Höhleneingang ab.

Ich überlege inzwischen fieberhaft: Beim Bilderrätsel ging es um ... Höhlenmalerei, gezeichnete Menschen, Tiere und Waffen, eine zerbrochene Steinwand ...
„Steinbrech!“, platze ich heraus. „Kann es hier Steinbrech geben? Das ist eine Pflanze!“
„Klar“, sagt Max, „kommt im Gebirge oft vor.“
„Und seht ihr sie hier in der Nähe der Höhle?“, frage ich weiter, weil ich zwar den Namen der Pflanze kenne, aber nicht weiß, wie sie aussieht.
„Da!“, ruft Max und zeigt auf ein gelb blühendes Pflanzenpolster, das aus einer der Felsnischen neben der Höhle quillt.
„Wir mussten gebrochene Steine zusammenfügen“, wiederhole ich noch einmal.
„Anna, du bist ...“ Leider erfahre ich nicht mehr, was ich bin, denn Max hält mitten im Satz inne, starrt auf die Dose, die er zwischen den Pflanzen hervorgezogen hat, öffnet sie blitzschnell und schüttelt ungläubig den Kopf. „Die waren vor uns da! Die Sherlock-Cacher haben sich schon ins Logbuch eingetragen. Das gibt's doch nicht!“
Simon reißt Max das Papier aus der Hand und starrt auf den Eintrag. „Wieso immer wieder die? Das geht doch nicht mit rechten Dingen zu!“
Wir schauen uns entsetzt an: Dann war alles umsonst!
Max trägt sich wortlos in das Logbuch ein, das in der letzten Dose des Wettbewerbs nun doch hinterlegt ist. Er reicht es an Simon weiter, und am Ende darf auch ich noch unterschreiben. Schließlich holt er sein Handy aus dem Rucksack und fotografiert den Code, bevor er alles wieder zurück in die Dose legt und sie versteckt.
Plötzlich schrecken wir zusammen: Ein Poltern ist zu hören, Steine stürzen in die Tiefe. Dann ist einen Moment Grabesstille. Doch nur einen Moment. Denn jetzt ertönen laute Stimmen.
„Hilfe!“, ruft jemand. „Hilfe, er ist abgestürzt!“
„Tim!“, ruft eine zweite Stimme. „Tim, sag halt was!“
Doch es kommt keine Antwort.
So schnell wir können, rennen wir in die Richtung, aus der das Geschrei ertönt.
„Die haben die Abkürzung genommen!“, stößt Max hervor.
Jetzt können wir sie sehen: Es sind zwei Jungs, die den Abhang hinunterstarren und wild mit Armen und Beinen fuchteln.

„Die Sherlock-Cacher!“, raunt Simon mir zu.
Nun haben die beiden Jungs uns auch entdeckt und blicken uns Hilfe suchend entgegen.
„Tim ist ausgerutscht und abgestürzt“, sagt der eine und zeigt nach unten.
Tatsächlich, auf einem Felsvorsprung liegt ein schmächtiger Junge, der mit angsterfüllten Augen zu uns nach oben sieht. Sein Kopf blutet.
Max, Simon und ich schauen uns an. Jeder weiß, dass dies unsere Chance wäre, den letzten Code vor den Sherlocks einzugeben. Aber wir müssen uns nicht absprechen – es ist klar, dass wir helfen.
Während die Jungs laut zu überlegen anfangen, checke ich die Lage. Mich dorthin abzuseilen, traue ich mir ohne Weiteres zu. Nicht umsonst habe ich erst kürzlich den goldenen Steinbock in unserem Verein gemacht.

„Ich kann ihn holen“, sage ich.
„Du?“, fragen alle vier Jungs gleichzeitig.
„Sie kann klettern“, bestätigt Simon.
Eilig packe ich meine Sachen aus, schlage zwei Haken in den Boden, überprüfe den Halt und mache alles so, wie ich es gelernt habe. Ehe ich beginne, mich abzuseilen, instruiere ich die Jungs, wie sie mich sichern und uns beide dann hintereinander hochholen können.
Während ich mich dem abgestürzten Jungen langsam nähere, rede ich beruhigend auf ihn ein. „Bleib ganz ruhig sitzen. Keine Angst!“
Als ich bei ihm ankomme, lege ich ihm die Rettungsschlinge um.
„Du musst selbst mit den Beinen mithelfen“, sage ich und schaue dabei auf seine Sneakers.
Tolle Wanderschuhe! Aber auf die Moralpredigt verzichte ich erst mal.
„Jetzt bitte langsam und vorsichtig hochholen!“, gebe ich das Kommando nach oben.
Die Jungs machen alles so, wie ich es ihnen gesagt habe. Zentimeter für Zentimeter bewegt sich das Seil mit Tim nach oben. Dabei stöhnt er vor Schmerz immer wieder laut auf.
„Geschafft!“, ertönt es jetzt – gefolgt von einem Freudengeheul.
„Und du?“ Max’ Stimme klingt besorgt, während er das Seil mit der Rettungsschlinge zurück zu mir gleiten lässt.
„Ihr sichert mich, ich klettere“, gebe ich zurück.
In wenigen Minuten bin auch ich wieder bei den Jungs und wir sitzen erschöpft nebeneinander auf den Felsbrocken.
„Danke“, sagt Tim. „Vielen Dank!“
Die anderen beiden stellen sich mir als Eric und Leo vor und bedanken sich ebenfalls überschwänglich.
„Geht’s wieder, Tim?“, fragt Leo seinen Freund.
Tim versucht aufzustehen, aber er knickt sofort um und stößt einen Schmerzensschrei aus.

Dienstag, 14:30 Uhr

„Zeig mal her!", sage ich und knie mich neben Tim. „Verdammt, damit kommst du nie den Berg runter", stelle ich fest und würde Tim am liebsten hier sitzen lassen. Erst kürzen sie ab, um sich einen Vorteil zu verschaffen, und jetzt vermasseln sie uns auch noch die schnelle Code-Eingabe. Sein schmerzverzerrtes Gesicht aber hält mich zurück.
„Hier!", rufe ich und werfe Simon meinen Rucksack zu. „Such mal das Erste-Hilfe-Päckchen raus. Wir müssen auch den Kopf versorgen." Dann wende ich mich an Anna. „Bring mir bitte mal zwei Stöcke. So dick wie dein Daumen ungefähr."
Während sie sich auf die Suche macht, ziehe ich mein T-Shirt aus.
Als Anna mir die Stöckchen kurz darauf reicht, sagt sie nichts, aber die Augenbraue schnellt bis zum Haaransatz.
Ich fange an, Tims Knöchel zu schienen und mit den Stöcken und dem T-Shirt zu stabilisieren. Die Binde brauche ich für den Kopf. Den Rest muss ein Arzt machen.
„Mit dem Knöchel und der Platzwunde am Kopf kann er nicht weiter", stelle ich fest.
Ich krame mein Handy raus. Verdammter Mist, kein Empfang!
„Lauf zur Hütte und hol Hilfe!", sage ich zu Simon und hoffe, dass er jetzt nicht diskutiert, sondern einfach mal macht, was ich ihm sage.
„Warte, ich komme mit!", ruft Anna ihm hinterher. „In Notfällen soll niemand allein sein. Eine der Grundregeln!", argumentiert sie. „Ist das okay für dich, Max?"
„Klar", sage ich und kümmere mich wieder um den Stützverband.
Im Laufschritt machen sich die beiden auf den Weg.
„Danke", kommt es plötzlich wimmernd von Tim.
„Sag das nicht mir", gebe ich pampig zurück. „Sag das Anna."
Er schaut mich zerknirscht an. Sein Fuß steckt jetzt zwischen den Ästen und meinem T-Shirt.
„Kannst du aufstehen und gehen?", fragt Eric.
„Denkst du eigentlich an nichts anderes als an deine blöden Caches?", platzt es plötzlich aus mir heraus. „Ihr kommt uns ständig in die Quere, bewerft uns mit Wasserbomben und zerstört unsere Luftmatrat-

zen. Dann bringt ihr euch in Lebensgefahr, und das Erste, worüber du nachdenkst, ist, ob dein ach so guter Freund wieder laufen kann? Am besten wieder die bescheuerte Abkürzung runter, damit ihr schneller im Ort und am Computer seid. Ihr habt sie doch nicht mehr alle. Es wäre besser gewesen, wenn wir einfach weitergegangen wären!"

„Bist du fertig?", fragt Eric. „Wer sagt denn, dass ich den dämlichen Code loggen will? Ich habe gefragt, ob er aufstehen kann, weil wir dann zur Hütte gehen könnten. Da bekommt er ja wohl sicher bessere Hilfe als hier oben am Hang!"

Jetzt schaue ich ein bisschen zerknirscht.

„Wenn wir ihn links und rechts stützen, könnten wir es bis zur Alm schaffen", meint Leo.

Mithilfe von Eric und Leo stemmt Tim sich hoch. Die beiden klemmen sich unter Tims Achseln und gemeinsam humpeln sie los. Ich schnappe mir die Rucksäcke. Wir werden Stunden brauchen, bis wir unten sind! Tim stöhnt und seufzt bei jedem Stein und jeder Wurzel, Eric und Leo haben knallrote Köpfe. Irgendwie muss ich sie ablenken. Und das Einzige, was uns verbindet, ist Geocaching.

„Was war eigentlich euer Wunsch bei dem Wettbewerb?“, frage ich daher und blicke weiter angestrengt auf den Weg.
„Wir wollten die Austrocknung der Teiche hinter dem Sportplatz verhindern“, antwortet Eric. „Irgendwelche Bonzen wollen da eine Tennishalle bauen. Das würde aber bedeuten, dass sie die Teiche hinter dem Gelände trockenlegen müssen. Es sind zwar keine offiziellen Naturschutzgebiete, aber sie geben trotzdem vielen Tieren und Pflanzen Lebensraum.“
Jetzt bin ich platt. Ich hätte ja mit vielem gerechnet, aber nicht damit, dass sich die Sherlocks ernsthaft mit Naturschutz beschäftigen!
„Und ihr?“, presst Tim hervor.
„Wir wollten Pfotenglück retten“, sage ich. „Es steht vor dem Abriss, weil die vom Amt was zu bemängeln haben und nicht sehen, wie vielen Tieren dort geholfen wird.“
„Auch nicht schlecht“, meint Leo.
„Tja, aber daraus wird ja dank eurer Aktion jetzt nichts mehr“, sage ich.
„Tut uns leid“, murmelt Eric. „Wir waren wohl etwas unvorsichtig ...“
„Das kann man wohl sagen. Jedes Kleinkind weiß, dass man nur mit festen Schuhen in die Berge geht. Und jeder Geocacher weiß, dass man die Wege nur dann verlässt, wenn es wirklich nötig ist.“
„Schon gut, hör auf damit. Das wissen wir auch. Diese Rede werden wir uns sowieso noch von unseren Eltern anhören müssen“, antwortet Leo genervt.
„Jetzt vertragt euch. Wenigstens bis ich diese verdammten Schmerzen los bin!“, keucht Tim. Sein Gesicht ist schweißbedeckt. Aber immerhin humpelt er weiter. Die Ablenkung scheint zu funktionieren.
„Wie schafft ihr es eigentlich, ständig zuerst an einem Cache zu sein?“, frage ich und ärgere mich im selben Moment darüber.
„Eric hat zum Geburtstag die Premium-Mitgliedschaft geschenkt bekommen. Seitdem wissen wir immer sofort Bescheid, wenn ein neuer Cache veröffentlicht wird“, erklärt mir Leo. „Wir waren im letzten Jahr außerdem auf einem Mega-Event mit tausenden von Geocachern. Meine Eltern sind mit uns hingefahren. Dort haben wir ziemlich viele Tricks gelernt und uns von den Profis ein paar Tipps geben lassen. Damit klappt das jetzt noch besser als vorher und durch die E-Mail-Benachrichtigung haben wir auch noch den Zeitvorsprung.“

„Andere spielen Fußball oder skaten. Wir gehen halt lieber cachen", fügt Eric hinzu.
Noch bevor ich etwas sagen kann, höre ich in der Ferne Sirenen aufheulen.
„Der Rettungswagen!", ruft Leo und lässt vor lauter Freude Tim fast umkippen.
„Gott sei Dank!", kommt es nun auch von Eric.
Ich selbst weiß gar nicht, über was ich mich mehr freue: den Rettungswagen oder Simon und Anna, die mit Simons Vater auf uns zugerannt kommen.

„Hier, für euch. Das habt ihr euch verdient!", sagt der Almwirt einige Zeit später und stellt eine riesige gusseiserne Pfanne mit duftendem Kaiserschmarrn auf unseren Tisch.
Der Rettungswagen ist gerade abgefahren. „Wir nehmen Tim zur Sicherheit mit", haben die Sanitäter gesagt. „Und die anderen beiden bringen wir nach Hause." Was für ein Service!
„Ein bisschen traurig bin ich schon", sagt Anna und trinkt einen großen Schluck Kräuterlimo.
„Aber es ist doch alles gut gegangen", wirft Frau Feldmohn ein.
„Ihr habt euch wirklich vorbildlich verhalten", lobt auch Super-Johnny.
„Das meine ich nicht", sagt Anna. „Ich meine das Tierheim."
„Was hat denn das Pfotenglück damit zu tun?", fragt Herr Feldmohn, der noch immer glaubt, eine nette, kleine Bergtour geleitet zu haben.
Abwechselnd klären Simon, Anna und ich Simons Eltern auf.
„Und wenn ihr den Code als Erste eingegeben hättet, hättet ihr gewonnen?", fragt Frau Feldmohn.
„Ja, und zwar die Erfüllung unseres Wunsches, den wir bei der Einschreibung angeben mussten", erklärt Simon.
„Und das war die Rettung vom Pfotenglück", sagt Herr Feldmohn.
Wir drei nicken gleichzeitig.
„Nicht schlecht, Herr Specht!", ruft Simons Papa begeistert. „Wieso verheimlicht ihr uns solche Heldentaten?"
Na ja, jetzt weiß ich wenigstens, woher mein Freund den Tick mit dem Reimen hat …

Mittwoch, 9:00 Uhr

Am nächsten Morgen geben wir endlich den Code ein.
„Eigentlich müsste noch immer ein guter Platz drin sein", sagt Simon optimistisch. „Jetzt, wo die Sherlock-Cacher versprochen haben, vom Wettbewerb zurückzutreten."
Max nickt nachdenklich. „Ich hätte es nicht verlangt", sagt er, „obwohl sie sich ja wirklich ein paar Klöpse geleistet haben."
„Außerdem hatten sie ja auch einen guten Wunsch", sage ich, „das muss man einfach zugeben."
„Stimmt", pflichten mir Max und Simon bei.
„Wahrscheinlich hatten sie nur ein wahnsinnig schlechtes Gewissen", vermute ich laut. Dann starre ich auf den Bildschirm. Bitte, bitte, lass uns trotzdem gewinnen!, denke ich, weil ich unbedingt möchte, dass das Tierheim gerettet wird.

Cache-Kids

GRATULATION! Euer Team hat die vierte Station erfolgreich gefunden. Es waren bisher

3 Geocacher-Teams

schneller als ihr. Leider können wir euren „natierlieben" Wunsch nicht erfüllen. Der Wettbewerb läuft noch 7 Stunden, 53 Minuten. Welchen Platz ihr am Ende haben werdet, erfahrt ihr morgen um 9:00 Uhr auf dieser Webseite. »»

„Nein!" Ich stoße einen Schrei aus. Max boxt mit voller Wucht in seine Schranktür, so, als ob er sie einschlagen wolle, und Simon lässt eine Folge von üblen Flüchen hören.
„Das ist das Deprimierendste, was ich je erlebt habe!", ruft Max. „Das Pfotenglück hätte es wirklich verdient gehabt, dass wir am Ende gewinnen."
Ich nicke traurig.

„Jedenfalls muss ich in einer Stunde dorthin“, sagt Max mit belegter Stimme. „Hab natürlich gehofft, gute Neuigkeiten mitbringen zu können“, fügt er hinzu.
„Treffen wir uns alle drei dort?“, fragt Simon und sieht mich an.
Ich nicke stumm. Bei aller Enttäuschung freue ich mich nun ein bisschen, weil sie mich auch jetzt noch dabei haben wollen!

In der Pension liegt ein Zettel für mich. Mama teilt mir mit, dass sie mit Johnny einen kleinen Ausflug unternimmt, aber schon am frühen Nachmittag wieder da sein wird. Natürlich kann ich mich jederzeit melden, wenn was ist, sie würden extra nicht weit wegfahren.
Ist mir ganz recht, dass das Liebespaar mal was allein macht, da hab ich wenigstens ein bisschen Zeit für mich. Ich nehme eines von den belegten Broten, die mir Mama hinterlassen hat, haue mich auf mein Bett und denke über die letzten Tage nach.
Als ich zum vereinbarten Zeitpunkt vorm Pfotenglück ankomme, biegt Max gerade mit Ferien um die Ecke, und wenig später stapft auch Simon durch das Eingangstor.
Plötzlich dringen aus dem Haus Gesprächsfetzen an unsere Ohren. Eindeutig die laute, aufgebrachte Stimme von Frau Wellenbrink und zwei verschiedene männliche Stimmen. Und dann stürmen die beiden Männer in dunklen Anzügen auch schon an uns vorbei.
„Dass die das nicht checkt!“, sagt der eine und schüttelt den Kopf.
„Kämpft halt für ihre Tiere“, sagt der andere. „Ist ja nicht so, als wäre das unsere Entscheidung. Aber Vorschrift ist Vorschrift, ob wir wollen oder nicht.“
Sie steigen in ihr Auto, werfen uns einen kurzen Blick zu und brausen davon.
„Braucht gar nicht so zu glotzen!“, schreit ihnen Max hinterher.
„Und auch nicht so zu protzen!“, rufe ich verächtlich.
„Ich könnte kotzen“, würgt Simon hervor.
„Wieso denn das?“, ertönt in diesem Moment eine männliche Stimme von hinten.
Ein Mann und eine Frau, um deren Hals eine Kamera baumelt, schlendern auf uns zu. Misstrauisch starren wir den beiden entgegen.

„Sag bloß, ihr seid die Helden von gestern?“, fragt die Frau.
Unsicher sehen wir uns an.
„Dann möchte ich mich sehr, sehr herzlich bedanken“, sagt der Mann und greift sich meine Hand. „Du musst das mutige Mädchen sein, das Tim so beherzt gerettet hat!“
Ich nicke, obwohl es mir ein bisschen peinlich ist.
„Und du der Junge, der Tims Bein geschient hat?“
Nun schüttelt der Mann auch Max’ Hand und danach bedankt er sich bei Simon.
„Wir haben uns noch gar nicht vorgestellt: Mein Name ist Betzer, ich bin Tims Vater, und dies ist meine Kollegin Frau Knüll. Wir möchten über euch und euren Pfotenglück-Plan einen Bericht für unsere Zeitung schreiben. Wisst ihr eigentlich schon, ob ihr gewonnen habt?“
Mit hängenden Köpfen berichten wir von unserem Misserfolg.
„Durch euch sind wir auf die Tierheim-Story gekommen“, mischt sich nun die Frau ein. „Wir möchten euren engagierten Kampf für das Pfotenglück zum Anlass nehmen, auf das Problem aufmerksam zu machen. Und wir werden einen Spendenaufruf veröffentlichen.“

Freitag, 9:00 Uhr

„Ich kann gar nicht glauben, dass wir morgen schon nach Hause fahren“, sagt Anna, während sie meine Fische füttert. „Außerdem stinkt es mir, dass die Typen mit dem Tiergehege-Wunsch gesiegt haben. Ich weiß gar nicht, warum man Rehe und Hirsche überhaupt einsperren muss. Bloß damit kleine Kinder die aus der Nähe anglotzen können.“
Sie hört mit dem Füttern wieder auf und stellt die Dose neben das Aquarium.
„Tja, hier verpasst du ja jetzt nichts mehr“, sage ich. „Kein Cache, kein Sieg, kein Pfotenglück.“
„Jetzt sei nicht so! Vielleicht bringt der Zeitungsartikel ja was!“ Sie lächelt mich aufmunternd an.
„Warum glaubst du eigentlich immer noch, dass alles gut wird?“, entgegne ich. „Tims Vater hat uns vor zwei Tagen interviewt und nichts ist passiert. Auf diese Pressetypen kann man sich einfach nicht verlassen.“
Anna schweigt mindestens so laut wie ich. Wir wissen beide nicht mehr, was wir sagen sollen. Und dass sie morgen wieder mit ihrer Mutter und Johnny nach Berlin fährt, verbessert meine Stimmung keineswegs.
Plötzlich fegt meine Mutter wie ein Wirbelsturm ins Zimmer und wedelt aufgeregt mit einer Zeitung. „Ihr seid berühmt!“, jubelt sie. „Schaut mal!“
Endlich hält sie die Hand still, und ich kann sehen, worum es geht: Mitten auf der ersten Seite prangen Anna, Simon und ich!
„Die haben zu Sachspenden wie Hundefutter aufgerufen“, berichtet meine Mutter. „Gerne nimmt man auch Geld für den Umbau an. Und Helfer, die mit anpacken, sind ebenfalls willkommen. Ich bin so gespannt, ob das was bringt!“
„Ich auch“, gebe ich ihr ausnahmsweise mal recht und beuge mich mit Anna über den Artikel.
„Wo habt ihr denn den Dritten im Bunde?“, fragt meine Mutter jetzt. Aber da läutet es schon.
„Meine Fresse, diese Presse!“, schreit Simon und strahlt, als er zu uns ins Zimmer stürmt.

Cache-Kids versuchen
Pfotenglück zu retten!

Samstag, 8:58 Uhr

Missmutig werfe ich meine Klamotten in den Koffer. Ist mir doch völlig egal, ob das Zeug heute Abend zerdrückt ist.

Als ich den letzten Pulli aus dem Schrankfach hole, berühren meine Finger einen Karton. Himmel – der Schachcomputer! Nicht ein einziges Mal habe ich das Ding in den letzten Tagen benutzt. Ich hab noch nicht mal an ihn gedacht. Dieses Geocaching-Tierheim-Abenteuer hatte mich voll im Griff. Na ja, und Max und Simon auch. Aber zu Hause werde ich froh sein, dass ich ihn habe. Bin gespannt, was Opa von ihm hält!

Ach, Opa ... Er und Dame sind wirklich die einzigen Gründe, warum ich mich ein bisschen auf zu Hause freue.

Ich blicke aus dem Fenster, sehe die Berge und ein Fitzelchen von der Mornach und seufze.

Samstag, 9:01 Uhr

„Wie bitte? Ich kann Sie kaum verstehen!“ Meine Mutter brüllt so sehr, dass Ferien erschrocken unter den Schreibtisch flüchtet. Dann reicht sie mir den Hörer.
Was jetzt an meine Ohren dringt, kann ich nicht glauben. Ich schalte auf Lautsprecher.
„Hier ist wirklich die Hölle los“, hört nun auch Simon die atemlose Stimme von Frau Wellenbrink. „So viele Menschen! Und sie tragen Kisten und Tüten voll Werkzeug, Hundefutter und Verpflegung. Ich weiß gar nicht, was ich sagen soll. Das hab ich alles euch zu verdanken!“

Nach dem Telefonat mit Frau Wellenbrink müssen wir natürlich sofort Anna anrufen. Simon und ich schreien abwechselnd in den Hörer: „Im Pfotenglück geht es rund! Könnt ihr nicht etwas später fahren? Wir sollten unbedingt alle drei dorthin gehen!“
„Du, Mama …“, höre ich Annas Stimme.
Den Rest kann ich nicht mehr verstehen.
Es vergehen ein paar Sekunden, dann fängt Anna an zu jubeln.

Kurze Zeit später sitzen wir alle gemeinsam im Auto. Mit dabei sind auch Anna, die im Sturmschritt gelaufen kam, Simon und Mamas duftender Kuchen. Um genau zu sein, sind es sogar drei Kuchen, die sie gebacken hat, und ich werde das Gefühl nicht los, dass diese Aktion für sie bei Weitem nicht so überraschend kam wie für uns. Sollte der Dorffunk gestern nach dem Bekanntwerden des Zeitungsartikels schon den Plan zur großen Rettungsaktion verkündet haben?
Als wir beim Pfotenglück ankommen, erkenne ich das Tierheim nicht wieder. Am Eingang hängen selbstgemalte Plakate, auf denen Dinge stehen wie „Rettet Pfotenglück!“ oder „Super-Cache-Kids“. Der Parkplatz ist voller Autos und die Eingangstore sind sperrangelweit offen. Männer schieben im Innenhof Schubkarren mit Kies vor sich her, Kinder toben auf der Wiese weiter hinten mit den Hunden und am Rand stehen Frau Feldmohn und Frau Wellenbrink und bauen auf zwei großen Tischen ein leckeres Buffet auf.

Pfotenglück

„Hallo, ihr Helden!“, begrüßt uns Tims Vater, der auch schon da ist. „Na, was sagt ihr?“ Er ist sichtlich stolz darüber, dass sein Bericht so eingeschlagen hat.
„Hallo“, ertönt noch eine weitere Stimme. Grinsend steht Tim vor uns, auf seinem Kopf ein großes Pflaster. „War echt stark von euch, was ihr für mich getan habt!“, sagt er. „Vor allem, weil euch die Aktion ja wahrscheinlich den Sieg gekostet hat.“
Wir gucken nur verlegen und wissen nicht recht, was wir sagen sollen.
„Wie geht's dir inzwischen?“ Natürlich ist es Anna, die das Naheliegende fragt.
„Der Fuß tut noch weh“, antwortet er, „der Kopf nicht mehr. Dafür sieht er blöd aus. Aber ich weiß schon: Ich muss froh sein, dass mir nicht mehr passiert ist.“ Er wirft seinem Vater einen schrägen Blick zu.
„Wenn du Kuchen magst“, sage ich zu ihm, „meine Mutter hat sich ziemlich ins Zeug gelegt!“
„Au ja“, antwortet Tim und humpelt hinter uns zum Tisch.

„Wirf in die Zeitung einen kleinen Blick,
es ist keine Hexerei,
gerettet werden kann Pfotenglück,
drum sei auch du dabei!“

Simon reimt zur Feier des Tages einen Vierzeiler und erntet dafür einen Applaus von Tims Vater. Er zieht Simon ein wenig zur Seite und wir hören ihn fragen: „Sag mal, du Poet, kennst du eigentlich unsere Kinderseite?“
„Das wird sein Durchbruch!“, meint Anna mit einem breiten Grinsen.
„Wir können's nicht verschweigen, bald werden alle leiden!“, reime ich gut gelaunt.
„Anna, Max, kommt doch mal rüber!“, ruft Annas Mutter und winkt fröhlich. Wo kommt die denn auf einmal her? Und ihr Freund Johnny ist auch dabei. Müssen die nicht packen?
„Wir haben eine Überraschung für euch“, sagt sie. „Wir haben verlängert! Wir haben mit Frau Köhler und Johnnys Pensionswirtin gesprochen und können noch drei Tage bleiben. Nach der Aufregung haben

wir uns schließlich ein paar erholsame Urlaubstage verdient." Johnny legt seinen Arm um sie.
„Außerdem hat Johnny sich bereit erklärt, dem Pfotenglück ein wenig auf die Sprünge zu helfen. Einen Dachdecker können sie für die neuen Zwinger gut gebrauchen."
Wie cool ist das denn, dass sogar wildfremde Menschen wie er unserem Tierheim helfen wollen?
Während Anna ihre Mutter umarmt, stellt sich Frau Wellenbrink zu uns.
„Max", sagt sie leise. „Danke!" Es glitzert in ihren Augen. „Ich würde sagen, wir schreiben die gesamten Arbeitsstunden dieser wundervollen Helfer auf dein Konto. Ohne dich – ohne euch – wären sie alle nicht hier. Deine Strafe ist hiermit offiziell abgearbeitet." Sie wuschelt mir durch die Haare.
„Darf ich trotzdem wiederkommen?", frage ich.
„Aber klar", antwortet sie und lächelt.

Freitag, 14:30 Uhr

Ich hänge Dames Leine an die Garderobe und verziehe mich in mein Zimmer. Dame folgt mir lautlos. Sie hatte schon immer ein Gespür dafür, wie es mir geht. Und diesmal ist meine Stimmung richtig mies. Dabei habe ich mich so auf sie gefreut! Und auf Opa natürlich. Aber seit den Geocaching-Tagen kommt mir alles langweilig vor. Und was noch schlimmer ist: Ich vermisse die beiden Jungs! Ständig denke ich an das, was wir gemeinsam erlebt haben. Wer hätte das gedacht, als ich Max im Supermarkt seinen Schachcomputer abgekauft habe …

„Komm!", sage ich zu Dame und lasse mich auf meinen Stuhl plumpsen. Dann fahre ich den Computer hoch. Könnte ja sein, dass eine Mail da ist. Immerhin hat mir Max schon einmal geschrieben: dass er meinen Account fertig eingegeben hat und ich nun auch in Berlin und überall sonst auf der Welt cachen gehen kann. Dass die Anzugträger nachgegeben haben. Dass das Pfotenglück weiterbestehen wird. Ich habe ihm sofort begeistert zurückgemailt. Vor etwa drei Tagen.

Ja – da ist wirklich etwas angekommen! Und es ist eine Mail von Max! Ich spüre einen gewaltigen Trommelwirbel in meiner Brust. Aufgeregt rufe ich die Mail auf – und starre enttäuscht auf den Bildschirm:

> Hallo, Anna,
> siehe Anhang!
> Gruß
> Max

Na, das ist ja mal wirklich ein herzlicher Brief! Und ich hab dem Knallkopf eine ganze Mailseite voll geschrieben. Lustlos klicke ich den Anhang an. Und erstarre.

> ... freuen wir uns sehr, euch Folgendes mitteilen zu können:
>
> Der Sonderpreis für Mut und Hilfsbereitschaft geht an
>
> **ANNA SCHMITZ, MAX MOOSBACHER**
> **UND SIMON FELDMOHN.**
>
> Ihr seid herzlich eingeladen zur
>
> **GROSSEN PREISVERLEIHUNG**
>
> am 2. September in München.

Oh Mann, ich kann es nicht glauben. Doch noch ein Preis! Und eine Einladung!
Ohne nachzudenken brülle ich: „Mama!“

Dame fährt erschrocken aus ihrem Halbschlaf auf und schaut mich vorwurfsvoll an.
Im nächsten Moment schiebt meine Mutter ihren Kopf durch die Türöffnung. Ich zeige mit dem Finger auf den Bildschirm und sie liest den Text halblaut murmelnd vor. Dann schreit sie: „Wow!“, und umarmt mich so heftig, dass Dame zu knurren beginnt.
„Aber“, beginne ich vorsichtig, „wir können doch bestimmt nicht schon wieder diese weite Reise machen?“
„Hmmm“, macht Mama nur und ist schon wieder verschwunden.
„Ach, Dame ...“, flüstere ich und reibe mit meinem Kopf in ihrem Fell.
„Geritzt!“ Mama steht plötzlich im Zimmer und strahlt. „Hab mit Johnny telefoniert“, sagt sie, „der hat tatsächlich noch mal einen Termin in Süddeutschland. Und er wollte doch sowieso die Sache mit der Stalldecke im Pfotenglück noch anpacken.“
Sie sieht mich triumphierend an. Und mir fällt wirklich rein gar nichts ein, was es da zu meckern gibt. Ich fummele Johnnys Handy aus der Hosentasche und gebe mit zittrigen Fingern ein:

Gefühlte zwei Sekunden später ist die Antwort da:

GEOCACHING WÖRTERBUCH

Es gibt in der Geocacher-Sprache viele Abkürzungen und Begriffe, vor allem aus dem Englischen. Dieses kleine Wörterbuch hilft dir dabei, besser zu verstehen, wovon geredet wird.

AWP
= „additional waypoint" (auf Deutsch: zusätzlicher Wegpunkt), kennzeichnet häufig Parkplätze oder Stationen von Multi-Caches.

BYOP
= „bring your own pen" (auf Deutsch: bring deinen eigenen Stift mit), im Cache liegt demnach kein Stift bereit und du musst selbst einen mitbringen.

CAB
= Cacher-Autobahn, Trampelpfad, der entsteht, wenn viele Geocacher einen bisher unbefestigten Weg entlanglaufen.

Cache
= ein versteckter Behälter, der mithilfe von im Internet angegebenen Koordinaten von anderen Geocachern gesucht wird.

Cache disabled
= (auf Deutsch: kurzfristig nicht verfügbar), so loggst du deinen Cache, wenn er derzeit nicht verfügbar ist, etwa weil du ihn reparieren musst.

Cache enabled
= Gegenteil von „cache disabled", damit schaltest du deinen Cache für Andere wieder frei.

Cache-Mobil
= Auto oder Fahrrad von Geocachern.

CITO

= „cache in, trash out“ (auf Deutsch: Schatz rein, Müll raus), bei dieser Cache-Suche wird so viel Müll wie möglich eingesammelt. Da diese Aktion dem Naturschutz hilft, gibt es jährlich mehrere CITO-Events (meist im Frühjahr), bei denen sich viele Geocacher treffen und sehr viel Abfall aufsammeln.

DFDC

= danke für den Cache.

DNF

= „do not found“ (auf Deutsch: nicht gefunden), das loggst du, wenn du den Cache leider nicht gefunden hast.

Drive-In

= dieser Cache ist schnell zu finden und gut mit dem Auto zu erreichen.

Final

= das Ziel eines Multi-Caches.

Finds

= (auf Deutsch: Funde), gibt an, wie viele und welche Caches du gefunden hast.

FTF

= „first to find“ oder „first time found“ (auf Deutsch: als Erster gefunden, oder: zum ersten Mal gefunden), so darf sich derjenige loggen, der einen neuen Cache als Erster gefunden hat.

Gemuggelt

= von Nicht-Cachern entdeckt oder gar gestohlen.

Geocacher

= Person, die mit Hilfe eines GPS-Gerätes und im Internet hinterlegten Koordinaten weltweit kleine Behälter in ihren Verstecken findet.

Geocoin
= bestimmte Münze, die im Internet geloggt und deren Weg anschließend verfolgt werden kann.

Goal
= (auf Deutsch: Ziel), meist für Geocoins und Travel Bugs verwendet.

GPS
= Global Positioning System, ein globales Navigationssatellitensystem zur Positionsbestimmung und Zeitmessung.

Listing
= Informationsblatt mit allen Daten des Caches.

Loggen
= sich im Logbuch, welches im Cache liegt, und auch im Internet eintragen.

MOC
= Members Only Cache (auf Deutsch: Cache nur für Mitglieder), um an die Koordinaten zu kommen, muss man Premium-Mitglied bei www.geocaching.com sein.

Muggels
= Menschen, die Geocaching nicht kennen.

Multi
= Multi-Cache mit mehreren Stationen.

NC
= Night-Cache (auf Deutsch: Nacht-Cache).

Owner
= (auf Deutsch: Besitzer), derjenige, der den Cache versteckt hat.

P&G

= „park & grab“ (auf Deutsch: parken und schnappen), mit dem Auto zu erreichender Cache, wo man parken und loggen kann.

Publisher

= eine Person, die neue Caches nach Überprüfung im Internet freischaltet.

ROT 13

= eine Verschlüsselungstechnik, bei der die Buchstaben des Alphabets um 13 Stellen verschoben werden. Die 26 Buchstaben rotieren und werden dadurch vertauscht.

A	B	C	D	E	F	G	H	I	J	K	L	M
↕	↕	↕	↕	↕	↕	↕	↕	↕	↕	↕	↕	↕
N	O	P	Q	R	S	T	U	V	W	X	Y	Z

Aus „SIMON“ wird mit dieser Methode „FVZBA“ und umgekehrt.

Spoiler

= Hinweis, bedeutet: Spielverderber.

TB

= Travel Bug. Ein Travel Bug ist ein Gegenstand, der von Cache zu Cache reist. Es kann sich dabei zum Beispiel um ein Spielzeugauto handeln, das eine Marke mit einer einmaligen Nummer erhält. Diese ist käuflich zu erwerben und wird im Internet registriert.

TFTC

= „thanks for the cache” (auf Deutsch: danke für den Cache).

TJ

= Telefonjoker. An manchen kniffeligen Stellen lohnt es sich, einen befreundeten Cacher anzurufen und ihn um Hilfe zu bitten.

Trackables
= meist sind Travel Bugs und Geocoins gemeint, die sich im Internet loggen und verfolgen lassen.

Tracken
= Finden und Einloggen von Trackables im Internet.

Tracking-Nummer
= in Travel Bugs und Geocoins eingravierte Nummer, mit der sie im Internet eingeloggt und verfolgt werden können.

Trade Item
= (auf Deutsch: Tauschgegenstand).

WP
= „waypoint“ (auf Deutsch: Wegpunkt).